TO

最後の医者は雨上がりの空に君を願う
上

二宮敦人

TO文庫

目次

登場人物紹介

Character introductions

福原　雅和
Masakazu Fukuhara

武蔵野七十字病院の副院長だが、院長である父の反感を買い、現在は閑職に追いやられている。患者の命を救うことに執念を燃やす。

桐子　修司
Shuji Kiriko

かつて武蔵野七十字病院で福原の同僚だったが、現在は一人で小さな診療所を営む。患者は死を選ぶ権利があるが信条。付いた仇名は「死神」。

最後の医者は雨上がりの空に君を願う　上

不快な雨の降る日だった。

一つ一つは見えないほど小さな水滴が、群れを成して壁のように迫ってくる。細かく地を打つ音は聞こえなくても、あたり一面から蒸気が湧きたつ気配がする。酸素が、水素が、体毛の隙間を抜けて皮膚にこびりついているようだ。最も嫌いな天気の一つに、福原雅和《ふくはらまさかず》は眉をひそめた。

「本手術の執刀ですが、ええ、恐縮ながら私、新渡戸《にとべ》の手が回らないため、代理をお願いしたいと思っているのですが……」

会議室内の空気まで歯切れが悪い。腕組みをしたまま船をこいでいる者もいる。時間ばかり間延びして意思決定は遅い、最悪のカンファレンスだ。福原が仕切っていた頃は、こうではなかったのだが。

「私としては、ぜひ、その……」

新渡戸外科部長が曖昧な言葉を並べながらちらりと福原の方を見た。

「松戸《まつど》でいいだろう」

決して張り上げたものではないのに、部屋の隅々までよく通る声。武蔵野七十字病院《むさしのしちじゅうじ》長、福原欣一朗《きんいちろう》であった。

この妖怪親父め。

福原はすぐ隣に座る老人を横目に見る。齢は七十を超え、筋肉も骨も衰えてずいぶん小さくなった。福原よりも2サイズ下の白衣をまとった姿は、むしろ可愛らしいほどである。しかしその目はなおも猛禽《もうきん》のように爛々《らんらん》と輝き、たるんだ皮膚の合間から周囲の人間を威嚇していた。

目を白黒させている新渡戸外科部長に、院長は再度告げる。

「聞こえなかったか。松戸にやらせろ。いい経験になる」

「は、しかし、松戸君の技術を鑑みるに、まだ不安があり、できれば前外科部長に……」

「ムラッ気のある奴の方が不安だ」

院長はきっぱりと言った。

「松戸だ。サポートに何人か充てればいい。こういう機会に育てろ」

「はい、わかりました。えー、では、次の件ですが……」

だらだら流れる汗を、折り目だらけのハンカチで拭《ぬぐ》いながら、新渡戸が手元のノートパソコンに目を落とす。これで、今週も福原の仕事はゼロだ。正確には、雑用と言っていい作業だけが割り当てられている。弱気なイエスマンを外科部長に据え、実の息子である福原を外した院長の思惑は、誰の目にも明白だった。

手を噛む飼い犬など不要。

カンファレンスが終わり、スタッフたちはみなパソコンを閉じて立ち上がる。気まずそうに福原を見る者もいれば、目線を合わせないようにして足早に出ていく者もいた。椅子が動く音、扉が開く音がしばらく続き、やがて残っているのは福原だけになった。がらんどうの会議室で、福原は呆然と窓の外を見る。雨に濡れた中庭が、灰色の雲に押しつぶされそうだ。七十字病院の巨大な箱型の看板が、薄明かりの中、おぼろげな影を落としている。

でかい看板だ。

院長が設定したつまらない政治家の手術よりも、親友……音山晴夫《おとやまはるお》の手術を優先すると決めた時、こんなことは思わなかった。院長の寵愛《ちょうあい》を一身に受け、外科のエースとして扱われ、慢心していたのだろうか。敵に回して初めて思い知ることが、いくつもあった。

武蔵野七十字病院が擁する六百三十の病床は、その稼働率が常時九十パーセントを超える。常勤医二百四十八人を含む約千五百人のスタッフが、毎日ほぼ同数の外来患者を診て、毎日二十件の手術を行い、そして毎日何人かの死を見届ける。ここは間違いなく、この都市の何らかの中枢だ。

ぐっと拳を握りしめる。

こんなことで俺が反省し、心を入れかえると思ったら大間違いだぞ、親父。

まだ瞳の中で炎は消えていない。

子供じみた嫌がらせには屈しない。尻尾を巻いて逃げたあいつとは違うんだ。そうだ、反省するとしたら己の弱さだけだ。俺はもっと強くなる。もっともっと強くなって、必ずあの看板を手に入れてやる。どうせ親父は先に死ぬのだ。その後、俺は返り咲いてやる――。

福原は立ち上がり、歩き出した。湿度の高い空気が立ちはだかったが、大きな体で掻《か》き分けるようにして、悠然と副院長室へと向かった。


クリーム色のジャケットで赤いブラウスを隠した神宮寺千香《じんぐうじちか》は、東武線に乗り換えると、優先席近くの銀ポールに寄り掛かった。北千住《きたせんじゅ》から先の駅名には、どれも聞き覚えがない。知らない駅、知らない町。探検のような気分だ。物珍しい思いで、車窓の向こうに連なる家々の屋根を目で追う。

案外、普通なのね。

無礼な発想とは考えもせず、神宮寺は小声でそう呟《つぶや》いた。

言われていた通り小菅《こすげ》駅で降り、指定の番地を目指して歩く。天候のせいもあってか通りに人影は少なく、寂しくて薄暗い印象だった。灰色の街に神宮寺の真っ赤な傘が、シュールなプロモーションビデオのように揺れた。

やがて一棟の古びたビルに辿《たど》りつく。ひび割れたコンクリートと、テープで継ぎのされた窓ガラスが痛々しい。何度かメモを確認し、二階に上るとおそるおそるインターホンを押した。鳴らない。スプリングが軋《きし》む気配が空《むな》しく伝わってくるばかり。諦めてノックをすると銀色の丸ノブが回り、扉が開いて白衣の男が顔を出した。

「ああ、神宮寺君。いらっしゃい」

白い肌に茶色がかった瞳、全体的に淡い印象。桐子修司《きりこしゅうじ》だ。

「桐子先生。まさか、ここなんですか。ここが、我々の新しい職場なんですか」

「そうだよ」

招かれるまま室内に入り、神宮寺はあたりを見回す。殺風景な部屋だ。灰色の壁に灰色の床に灰色の天井、蛍光灯二つ。ガスコンロと流し。端の凹んだ金属製の机が一つ、さび付いた椅子が二つ。机には筆箱が一つと、顕微鏡が一つ載っかっていた。

「ちょっと、何もなさすぎじゃないですか。電子カルテは？　パソコンは？　複合機は？」

桐子はきょとんとする。

「そんなもの、買えるわけないじゃないか。事務は全部紙でやる。字は綺麗に書いてね」

「処置用の器具や滅菌器もないようですが」

「最低限のものはその筆箱に入ってる。滅菌は、コンロと圧力鍋でやろう」

「せめて部屋があと二部屋はないと。ここが診察室として、待合室、処置室……」

「模造紙でもぶら下げて、仕切ればいいじゃないか」

くらっとしてしまう。武蔵野七十字病院ではロボットが薬剤を運搬していたというのに、まるで原始時代に戻ったようだ。やはり、ついてくるんじゃなかった。

神宮寺の気も知らず、呑気《のんき》な声で桐子が言う。

「勝手をやって病院を追い出された身だ。贅沢《ぜいたく》は言っていられない」

「でも桐子先生、こんな設備じゃ、ごく限定的な医療行為しかできません。ドリルを持っていない歯科医みたいなものです」

「仕方ないさ。処置できない患者さんにはどんどん他の病院を紹介しよう」

「保険診療の認可だって下りないでしょう？」

「もちろん。当面は自由診療のみになるね」

「設備もない、健康保険も使えない病院に、存在意義がありますか？」

「それは僕たちが決めることじゃないよ」

きゅっ、きゅっと摩擦音が響く。型崩れを防ぐためだろう、新品の白衣に同梱《どうこん》されていた厚紙に、桐子がマジックペンで文字を書いているのだ。

「誰かが必要とするならば、僕たちは存在し続ける。僕たちがいなくなったら困ると思った誰かがお金をくれるかもしれないし、食べ物を分けてもらえるかもしれない。設備を寄付してくれる人がいるかもしれない。そこが始まりなんだよ。設備があるから必要とされるわけではなく、必要とされるから設備が整う。僕はそういう土台のもとで、医者をやりたい」

「崇高な志だと思いますけど、それまで私たちが持ちますかね」

「貯金が切れるまでが勝負だね。一年くらいは無給でもやっていける。その間に誰も僕らを必要としなかったら、まあ認めるしかないよ」

「認めるって？」

「僕のような医者はこの世に必要ないと、事実を認めるんだ。その時はどうしようかな……まあその時、考えればいい。よし、できた」

——桐子医院。初診歓迎。

丁寧な字ではあったが、セロテープで窓ガラスに貼り付けられると、異様な胡散臭さ《うさんくさ》を放つばかりだ。神宮寺は腰に手を当てて溜め息をつく。

「これでお客が来ますかね」

「ま、病院なんだから、繁盛しない方が望ましいとも言える」

のんびりと薬缶《やかん》に水道水を汲み、湯を沸かし始める桐子。

「ずいぶん呑気なんですね。何か、ないんですか。私たちを首にした院長を見返してやるとか。今に見てろとか。そういうのは」

「ん？　考えたこともないよ」

……そうでしょうね。

「お茶、飲む？　ティーバッグだけど」

神宮寺は桐子を見つめた。とびきり変な医者だった。野心もなく、欲もなく、プライドすらもないように思えた。これまでに会った医者はみな、そのどれか、あるいはいくつかをわかりやすく肥大させていたものだが。

「……いただきます」

それがかえって、神宮寺に期待を抱かせる。あるいは桐子の野心は、巨大すぎて神宮寺にも捉えられないのではないかと、思う時がある。

必要とされるから設備が整う、か。

巨大な体内に何億円もする医療機器を山ほど抱えた七十字病院。その土台は、確たるものなのだろうか。ふっと疑問がよぎった。

「桐子先生は白湯《さゆ》ですよね」

「うん」

「お金のかからない人ですね」

「それで十分なんだ」

薬缶が音を立て始めた。立ち上る湯気と、外に落ちる雨。そこら中が水ばかりだ。水に包まれている、囲まれている。

「……蒸し暑いですね」

「僕はこれくらいの方が落ち着く」

桐子はそっと空を見上げた。濃い灰色の雲が、梃子《てこ》でも動かぬとばかり一面に陣取っている。

「まるで布団みたいに優しい雲じゃないか」

医師会名簿にも、電話帳にも載っていない桐子医院、開業初日。

患者は一人も来なかった。

第一章　とあるチャラ男の死

「ただいまー……」

　重い体を引きずるようにして何とか扉の前までやってきた溝口駿太《みぞぐちしゅんた》は、ドアノブを掴んで引っ張った。がつん、とロックボルトが衝突する音が響き、築二十五年のアパートの薄い壁が震える。

「……んだよ、いねえのかよ」

　駿太は舌打ちをする。今のはなかなか自然な舌打ちだったぞ、などと思いながらポケットをまさぐった。鍵と一緒に四角い紙が指先に触れる。取り出して見ると、甘い香りが鼻をくすぐる。

『シュンちゃん、楽しかったよお☆　また来てね、ぜーったい、だよ。りさ』

　手書きの文字に、ハートマークつきの源氏名。縁取りのデザインはバニーガールのシルエット。店名こそ書かれていないが、どこからどう見てもセクシーパブの名刺である。りさちゃん、ほんと可愛かったなあ。美穂《みほ》と違っておっぱいも大きくて、揉み甲斐があった。それにしてもちょっと飲み過ぎたな。古谷《ふるや》さんと夜遊びすると、いつもこうだ。

名刺は捨てるべきかとも思ったが、考え直してポケットに戻した。美穂に見つかって怒られる、というのも悪くない。

「ふう……あー、疲れた」

体がだるくて、熱っぽい。鍵を開けて室内に入る。放り出すように靴を脱ぎ、鞄を置くと、どすどすと音を立ててキッチンまで歩く。

「あんだよ、洗い物してねーじゃん」

炊飯器の蓋を開け、中を覗《のぞ》き込む。

「ちっ、米も炊《た》いてないのかよ。こっちは体調悪い中働いてきたってのによお。あいつ、最近さぼってんなあ。努力が足りねえよ、努力が」

苛立ちをあえて隠さず、バタンと音を立てて炊飯器の蓋を閉じた。

その時、部屋の奥から声がした。

「お米なら冷蔵庫の中」

体がすくみ、左手に持っていた携帯電話を落としてしまった。拾い上げながら目をこらすと、テレビ前のソファに原《はら》美穂が座っていた。暗がりの中で静かにこちらを眺めている。

「……なんだよ、いたのかよ。いるんならそう言えよ」

「言ったけど聞こえなかったんでしょ」

「聞こえるように言えよ。何、冷蔵庫だって？　あ、ほんとだ……」

冷蔵庫の扉を開けてみると、きちんと駿太の分の米がタッパーに入って収められていた。おかわりが欲しくなっても大丈夫なように量は多めで、脇には野菜炒めの皿にラップがかけてある。気まずかったが、己の非を認めるのが悔しくて駿太はぼやいた。

「ちっ、冷蔵かよ。そのままにしておけばいいのに。面倒くさい」

「暖かい季節になってきたから、しまうようにしたんだよ」

「……そうかよ」

もはや何も言い返せない。むくれながらも、駿太は黙って皿とタッパーを取り出す。電子レンジに入れ、温めスイッチを押した。

ありがとう、と一言でも言うべきだろうか。いや、それは男としてダサくはないか。古谷さんだったら男はいつでも強く、ふんぞり返っていろと言うだろうな。そこまでの気持ちにはなれないが、しかし。

駿太がうじうじと迷っている間に、話題は変わってしまう。

「ねえ、駿太。最近ずっと風邪引いてるよね」

「ま、まあな。なかなか治んないから、嫌になっちゃうよ」

「治ってもまたすぐ引いてない？　医者に行ってって何度もお願いしたよね。結局、行ったの？」

「うるせえなあ。まだ行ってないけどよ、ただの風邪だし大丈夫だよ。それに俺、医者は嫌いなんだ。ただでさえ毎日忙しいのに病院行く気力なんてねえよ」

電子レンジのかすかな唸《うな》りの中、駿太がテレビのリモコンに手を伸ばすと、美穂が制止した。

「駿太。テレビは待って。私、話があるの」

どきりとした。美穂がこんな風に話を切り出してくるのは初めてだった。

「何だよ。疲れてるから、後にしてほしいんだけどな」

「でも大事な話なんだよ」

駿太はあからさまに溜め息をついてみせる。

不機嫌を装って誤魔化しつつも、心臓はばくばく鳴っていた。一体何だろう。また結婚の話だろうか。きちんと二人の将来を考えろと言われるのだろうか。もしかしたら仕事の話かもしれない。稼ぎが少ないとか、正社員になれとか。言われてすぐにできるものなら、苦労はしないのに。嫌だ。そんな話、聞きたくない。

半ばやけっぱちな思いで、駿太はリモコンのボタンを押した。

バラエティ番組だろう、笑い声が部屋に満ちる。

「ねえ、駿太。駿太ったら」

呼びかけられても、眉間《みけん》に皺《しわ》を寄せて、美穂の方は見ない。

美穂が肩を落とす気配がした。諦めてくれたか。

画面の中では司会者が、芸人に何か話を振っている。テロップが出て、小気味よい効果音が鳴る。駿太は意味もなくうんうんと頷いた。

パキ、パキ。美穂が手元で何かしている。

「……何、それ」

横目で見ると、美穂が包装シートを破り、中から白いカプセル状のものを取り出していた。

「ジスロマック」

二粒を取り、口に入れる。それからコップの水を飲む。

「だから、何だよそれ。何の薬だよ」

「クラミジアの薬」

こちらを見る美穂の目には、ぞっとするような冷たさがあった。

「クラミジアって……性病だっけか」

「性病だね」

美穂はそれきり黙ってしまう。無言の非難が伝わってくる。駿太はごくりと唾を呑んだ。

ついに性病か。散々夜遊びしているから、もしかしたらとは思っていたが。それも美穂に移してばれるなんて最悪だ。だが、ここで慌てるのは良くない。古谷さんは女に性病を移してようやく一人前だ、と言っていた。

「何？　俺が悪いって言いたいわけ？　全然、身に覚えがないけど。つーかそれって美穂が浮気したんじゃないの」

美穂は微塵《みじん》も動揺を見せない。

「浮気する相手なんていないよ」

「そうか？　前に言ってたサークル仲間とか、怪しいじゃん」

「臼井《うすい》君のこと？　彼とはしばらく会ってもいないけど」

「嘘だな。だって前にもほら、同窓会だとか言ってお茶してたじゃねえか」

「あれは本当に同窓会だったの。別に二人きりで会ったわけでもないし。だいたい、それ以来会ってないよ。駿太が嫌だって言うから」

「じゃあ、だ、誰から移ったんだよ」

「私は駿太としかしてないから、駿太からとしか考えられないね」

「お、俺じゃねえよ！　なんだよお前、俺の愛情疑ってんのか？　ふざけんな、何か証拠でもあんのかよ！　だいたいそういう病気って、ほら、何だ、エッチ以外にも移る可能性があるんじゃないのか」

「お医者さんに説明してもらったよ。他の原因もありうるけど、ほとんどが粘膜接触でしか感染しないってさ。心当たり、あるでしょ？」

淡々と美穂は言う。

やばい。どうなっていやるんだ。


大声を上げてみても美穂はひるむどころか、冷静に言い返してくる。主導権を握られっぱなしだ。駿太は内心焦り始めていた。

何なんだよこれ。あのしおらしい美穂はどこにいったんだよ。いつもみたいに「駿太が言うことだから、信じるね」って言ってくれよ。

「心当たりなんてねえよ。俺が愛してるのはお前だけだ。疑われて腹が立つわ。だいたい何だよ、その程度のことでゆらぐような関係だったのかよ、俺たち」

それでも駿太はいつものように言い張った。他にどうしたらいいかわからなかった。

「……まあいいや。薬、私の分しかもらってこなかったから、駿太も欲しかったら自分で行ってね」

「なんだよ。俺のせいじゃないって言ってるだろ、面倒を押し付けんな。薬はお前が取ってこいや」

しかし、美穂は駿太の挑発に乗る気はないようだった。

「そもそも私、あそこが痒《かゆ》かったから、病院に行ったのね」

「おい、そんなこと聞いてねえよ」

「そこで性病検査してもらったわけ、一通り。それでクラミジアもわかったんだけど。

それだけじゃなかった」

「だから何だよ！　ちょっとお前、黙れよ！」

駿太の怒号はほとんど悲鳴でもあった。もうやめてくれ。俺の言うこと聞いてくれよ。

駿太は立ち上がり、右手を振り上げた。平手を一発張れば、こいつは大人しくなる。

だが相手はひるまず、無表情に駿太を見て告げた。

「私、ＨＩＶ陽性だった」

右手を上げたまま、凍りつく。

「……えっ」

薬の包装シートを紙袋に戻し、鞄にしまいながら美穂は早口に言う。

「間違いなく駿太も感染してるよ。だから医者に行った方がいい。一応それだけ伝えようと思って。黙ってるのも嫌だし」

駿太の頭の中を、様々な言葉が飛び交った。

ＨＩＶ？　ＨＩＶ陽性って……それって、エイズってやつか。エイズって何か、やばい病気だろ。死ぬ、美穂が。いや、俺が？　俺が死ぬのか？　まさか。だって俺、まだ二十六だぜ。そんなことが、起きるはずが……。

「ま、どうせ行かないんだろうけど。だからこれ、餞別《せんべつ》ね」

ことん、と机の上に小さな白い箱が置かれた。

「なんだよこれ」

「ＨＩＶ検査キット。使うかどうかは駿太の自由だけど、ほんと、使った方がいいよ。ごめんね、私ができるのはもう、ここまでだから」

美穂が立ち上がる。鞄を肩にかけ、早足で玄関へと歩いていく。

「ちょ、ちょっと待てよ、おい」

駿太の声に振り返りもしない。靴を履き、扉を開けて。

「美穂っ！」

美穂は出ていった。あっという間の出来事だった。

その剣幕を前に追いかけることもできず、駿太はそのまま立ち尽くしていた。

背後でチン、と音が鳴る。温められた野菜炒めの香ばしい匂い。つけっぱなしのテレビから流れてくる笑い声。

「……う、嘘だろ？」

指先が震えた。

目の前の現実に思考が追いついてこない。何を考えたらいいのかわからない。机の上の白い箱が、やけに鮮やかに見えた。

†

はあ、はあ。息が切れたところで美穂は足を止めた。しばらくその場で俯《うつむ》いて喘《あえ》ぎ、呼吸が落ち着くのを待ってから振り返る。道路に人影はない。

やっぱり、追いかけてこないか。

半ば諦めてはいたのだが、空っぽの歩道を目の当たりにするとやはり寂しかった。

そういう人だよね、君は。知ってる。でも、追いかけてきてくれたら、そして私を呼び止めて、心の底から謝ってくれたら、まだ……。

急に悲しくなってきて、胸を掴《つか》んで歯を食いしばり、俯いた。近づいてくる足音にはっと顔を上げる。恥ずかしそうに笑う駿太の顔が見えた気がしたが、ただの錯覚だった。大きな鞄を携えたスーツの男が、ちらりとこちらを見て立ち去っていく。数粒こぼれた涙をハンカチで拭《ふ》き、コンパクトを出して顔を確かめる。目が赤い。哀れな顔であった。

もう、何もかもおしまいか。

私たち、五年も付き合ったのに、親の反対を振り切ってまで同棲したのに。うまくいくって、信じてたのに。

もう、どうしていいかわからない。死んじゃおうかな。

美穂は朝の街を、ふらふらと歩き出した。

†

布団の中で、駿太は目を閉じてじっとしていたが、一向に眠れなかった。昨日の曇天が嘘のように、外はいい天気だった。太陽がきらきらと輝き、白い雲が泳いでいる。虫が飛び回り、小学生がはしゃぐ声が聞こえてくる。

疲れているはずなのに。寝なくてはならないのに。今日も夜からシェイカーを振って、カクテルを作り、酔っ払いの相手をしなきゃならない。今寝ておかなくては、朝までもたない。

だが眠れない。

エイズ。

聞き慣れない単語には、人工的な空間に紛れ込んだ奇形の動物のような、強烈な存在感がある。ただのカタカナ三文字なのに、頭の中に食い込んで離れていかない。

俺がエイズにかかっているだなんて、そんなことがあるのだろうか。エイズってそもそも何だ？　恐ろしい病気としか知らないが。かかったら、どうなってしまうんだ？

おそるおそる額に掌を当てる。相変わらず熱っぽい。このところずっとそうだから、もはや慣れてしまっている。起きて爽快な気分、というものをしばらく味わった覚えがない。

「はは、まさかなあ」

不安ゆえか、大きな声で独りごちる。

「こりゃただの風邪だもんな。そんな危険な病気なら、もっとこう、血とか吐いたりするんだろうしな。微熱ですむわけないさ。エイズなんて、きっと脅しだ。俺を怖がらせようと思って、わざと言ったんだ」

とりあえずそう結論づけて頷いた。元々駿太は体が丈夫な方ではなく、季節の変わり目にはよく風邪を引く。今回もそれと同じはずだった。

枕元の携帯電話を探し、手に取る。だが美穂からの連絡はなかった。

「何でだよ。連絡、見てねえのかよ」

メール、アプリ、電話、その全てで「早く帰ってきてくれ。ちゃんと話そう」と連絡を入れたのだが、反応がない。もう美穂が出て行ってから二時間は過ぎているのに。

駿太はだんだん怖くなってきた。

まさか美穂は、もう帰ってこないつもりなのだろうか。もう俺と会ってくれないのだろうか。そんなことありえるのか？　美穂と俺が別れるだなんて、そんなことが？

起き上がると、寝床にしているロフトからはしごで一階に下り、美穂が大切に育てていた観葉植物を見つめた。そのゴムに似た感触の葉を軽くつつく。

大丈夫だ。こいつがあるってことは、世話しに帰ってくるだろう。そうだ、そのはずだ。

ふと、このでっかい植木鉢を買ってきた時の美穂を思い出した。

少しでもお洒落《しゃれ》な感じにしたいの、せっかく私たちだけの場所なんだから。そう言って笑っていた。家賃四万五千円のボロアパート。二人で住むには狭すぎるし、風呂なんて一人で入るのにも狭すぎる。だけど美穂は一緒に暮らすことを選んだ。俺の稼ぎが良くなるまで、自分も働きながら支えると言ってくれた。そんな美穂は今、いない。

「何でだよ」

駿太は軽く、足で床を叩いた。

「くそ、結局、俺のこと捨てるのかよ！」

今度は思い切り地団駄《じだんだ》を踏む。美穂だったら大丈夫だと思っていたのに。あいつはそんなに美人でもなければ、スタイルだって中の下だ。高望みしない女だと思っていたのに。こんな俺でも、ずっと尽くしてくれると思ったのに。

どうしたらいいんだろう。

本当に観葉植物のために帰ってきてくれるだろうか。不安でたまらない。すぐに追いかけて泣いて謝った方が良かったんじゃないか。古谷さんだったら、そんな女ほっとけって言うだろうな。優しくするからつけあがるのだと。

駿太は拳を握って歯を食いしばったまま、立ち尽くしてしまった。動けない。

俺は昔からずっとこうだ。優柔不断で、中途半端。なりふり構わず謝ることもできないし、開き直って待っていることもできない。決められないのだ、自分で前に歩き出せないのだ。

溜め息をつきながらバスルームに入る。洗面台の鏡に、相変わらずの自分の姿が映し出された。

がっつりブリーチされた金髪に、整えられた眉。耳と唇にはピアスの穴があり、髭も少しだけ伸ばしている。見た目だけはなかなか威圧感があった。

だが、中身は変わらない。強い男、モテる男に憧れてファッションを似せても、古谷さんのように荒っぽい態度で振る舞っても、相変わらずうじうじ悩んでばかり。ちっとも強くなった気がしない。

もしかして、美穂にそれを見抜かれてしまったのだろうか。

だからあいつは、あんなに冷たい態度だったのか。

「ちくしょう」

駿太はバスルームの壁を殴りつけた。

「あんな女、知るかよ。女なんて他にいくらでもいるっての」

己を鼓舞するように叫んだ。美穂なんかのためにおろおろするなんて、ダサい。俺はもっとかっこいい男になりたいんだ。どうせ美穂のやつ、すぐに泣きながら帰ってくるに決まってら。

ぺっと唾を吐き、駿太はふらふらとバスルームを出た。

ふとキッチンに安ウイスキーの瓶が置かれているのが目に入った。

そうだ。

駿太は蓋を開けると、瓶ごとぐいとあおった。咳《せ》き込みかけたが、噛みしめながら何とか飲み込む。念のため、予防だ。アルコール消毒なんて言うくらいだから、きっとエイズにも効果があるだろう。万が一、万が一だ、ほんのちょっとでもエイズの菌がいたとしても、これで消えてくれるはず。そう思うと焼けるような喉の感覚が、むしろ嬉しかった。RPGの回復魔法よろしく、体が浄化されていくようだ。

一度口を放し、今度は掌にウイスキーを少し取る。強烈なアルコールの香り。それを股間にそっと塗り込んだ。こっちも消毒しておいた方がいいはず。冷たかったが、駿太は必死に塗り続けた。いつもの倍、酔いが回る気がした。

よし。

一通り満足し、駿太は頷《うなず》く。寝床に向かう途中、机の上の箱が目に入った。美穂が置いていった検査キットとやらだ。くそ、気味が悪いな。だが捨てる勇気も出ない。見なかったことにしよう。忘れるんだ。首を振って何とか気持ちを切り換えると、アラームをセットして布団に入った。酒の力もあってか、今度は何とか眠ることができた。

浅い眠りの中、夢を見た。

美穂がいる夢だった。

呆けたような顔で、こちらを見下ろしていた。帰ってきてくれたのだ。駿太は起き上がろうとしたが、動けない。美穂はくすくす笑ったり、「いつまで寝てんのかなあ」と独り言を呟いたりしている。いつも通りだった。言い合いなんて、なかったようだった。駿太は美穂がいるのが嬉しくて、本当に嬉しくて、ずっとにやにや笑っていた。

容赦のないベルの音で夕焼けとともに目覚めた時、たとえようもない寂しさが駿太を包んだ。

†

意図して歩いていたわけではなかった。意図して電車に乗ったわけではなかった。むしろ、無意識だったからだろう。いつの間にか、美穂は実家の最寄り駅で降り、改札を出ていた。

どうしてこんなところに来ちゃったんだろう。

実家には帰れない。あれだけ大喧嘩《おおげんか》して家を出たのだ。今更どんな顔をして帰ったらいいのかわからない。しかし他に行く当てもない。仕方なく美穂はとぼとぼと、駅前の商店街を歩いた。

しばらくうろうろしたら、別の街へ行こう。

アイスクリーム屋の前で、女子高生が騒いでいる。私もよく、あそこでチョコミントアイスを食べた。クレープ屋からいい香りが漂ってくる。角にあった焼き鳥屋は、もつ煮屋に変わっている。美容室が一つ消えて、一つ増えていた。

見慣れた商店街に、小さい頃の自分が重なって見えた。ランドセルを背負い、父の手を引いてクレープ屋に入る私。中学校の制服を着て、友達と一緒にアイスを舐める私。服屋にどきどきしながら入る私、コロッケ屋の行列に並ぶ私。

そして今、目を赤くした私が、ショーウインドウに映っている。

もう一度ぽろぽろと涙が出てきた。

大学まで出させてもらったのに、私は今まで何をしてたんだろう。

魚屋の前を、ベビーカーを押した女性が通り過ぎる。赤ちゃんが小さな声で泣くと、覗き込んであやし始めた。向こう側からは、おじいさんとおばあさんが、仲良さそうに手を繋いでやってくる。孫でもやって来るのだろう、二人はお菓子屋の前で立ち止まり、あれこれ真剣に検討し始めた。

呆然とその様を見つめていると、全く思いがけず、声をかけられた。

「あら、美穂」

振り返ると、母が立っていた。

「……ママ」

出ていった時と、何も変わらない。野暮ったいフリースを着て、だいぶ使い込まれた運動靴を履いている。提げたエコバッグからはネギが飛び出ている。少しだけ白髪が増えただろうか。懐かしい声。子供の頃と全く同じ声。

「どうしたの。こんなところで」

泣いている娘を見て、母は目を丸くしていた。

「ママ、私……」

真昼間の商店街というざわついた雰囲気が、むしろ心の枷《かせ》を取り払ったのだろうか。突然母親に出会って、驚きと共にふっと気が緩んだせいだろうか。美穂の口は、あっさりと告白した。

「エイズになっちゃったの」

母はほんの少し、震えたように見えた。

「死んじゃうの」

一度話し始めると、止まらなかった。

「もう、ママみたいにお母さんにはなれないし……孫を、見せてあげることもできないの。私、私、もう大きくなれないんだよ」

語尾は震えた。情けなくて、悲しくて、恐ろしくて。歯がかちかちと鳴り、鼻の脇がひくついた。

「こんなつもりじゃなかったのに。本当に彼とならば幸せになれると思っていたのに。どうしてか、こうなっちゃった。ごめんなさい。ごめんなさい……」

だらだらと流れる涙を、美穂は手で拭う。拭っても拭っても止まらなくて、しまいには両手で顔を押さえた。

母は、エコバッグを提げたまま、ゆっくりと美穂に近づいた。そして幼子にするようにそっと、美穂の背中に手を回し、とんとんと優しく叩《たた》く。

「大変だったのね」

その声は、いじめられて帰って来た小学校の頃と、何も変わらなかった。もう声が出せず、美穂は黙って頷くばかり。母の懐は少し小さくなったけれど、温かさは同じだった。

「美穂。家でご飯、食べよう。いいお魚あったから」

どうして。どうして私を叱《しか》らないの。こんなにバカな娘なのに。親不孝者なのに。叱って。叱ってよ……。

許さないでよ。

美穂の思いとは裏腹に、母は一言も美穂を責めなかった。

†

副院長室には、とびきり濃いコーヒーの香りが充満している。

油膜の浮く黒い液体をすすり終わると、福原雅和は机に広げた資料の上にペンを置き、立ち上がってコーヒーメーカーの懐にカップを差し込んだ。

「なんだ、もう豆切れか……」

豆と水さえ入れておけば、ボタン一つで美味しいコーヒーを淹《い》れてくれる逸品だが、案外豆がすぐになくなる。イライラして消費量が増えているのだろうか。福原は忌ま忌ましい思いで、この役立たずな機械を睨《にら》んだ。

その時、ドアがノックされた。

「はい、どうぞ」

「副院長先生……どうも」

入って来たのは頭頂部が薄く、白鬚《しろひげ》を生やした猫背の男だった。術着を着ていることから、どうやら医師らしいとわかる。

こんな医者、うちの病院にいただろうか？

内心戸惑いつつも、福原は如才なく応対する。

「これは、ようこそ。すみません、コーヒーをご馳走したいのですがちょうど豆が切れてしまって。インスタントでよければ、すぐに出します」

男はのんびりとした笑顔で断った。

「ああ、いいえ、お構いなく。感染症科の糸川《いとかわ》です。ちょっと相談がありまして」

「相談？　私にですか？」

感染症科。七十字病院では最近できたばかりの科で、所属医師は一人だったはずだ。つまり、彼がそうか。感染症という言葉には本来たくさんの病気が含まれるが、科としては現状、性感染症の専門に近い。はっきり言って、福原とは全くの畑違いだ。

「はい。実は福原先生を指名している患者さんがいまして。ＨＩＶ陽性の方です」

「私を指名？　ＨＩＶで？」

思わず声が裏返ってしまった。

「その患者さんは、医者には何でもできると勘違いしているんじゃないですか。あるいは、診療科ごとの区別がついていないとか」

「はい、そうでしょうね。福原先生に元気づけて欲しいんですよ、きっと」

あっさりと頷いた糸川をやや不快に感じながらも福原は言う。

「そんな患者さん、うまくそちらで対応してもらえませんかね」

「これまではそうしてました。ただ、今はずいぶん暇そうだと思ったので、こうしてやって来たわけです。外科では居場所も、仕事もないんでしょう。副院長というポストだって、実質はお飾りだ」

福原は糸川の目を覗き込む。小学校の校長先生のような、穏やかな眼差《まなざ》しだった。別に嫌味を言っているわけではないらしい。

糸川は机の上に広げられた資料をちらりと見た。

「海外の論文ですか？　福原先生、勉強も大事ですけれど、患者さんにも触れないとカンが鈍りますよ」

「……わかりましたよ」

しばらく口をもごもごさせてから、福原は諦めてそう言った。

糸川が満足げに頷き、笑う。

「身内のいがみ合いで、ただでさえ不足がちの医者に仕事をさせないなんて、変な病院ですよねえ。そうは思いませんか、福原先生」

苦笑するしかない。

糸川の後に続いて歩きつつ、副院長室を振り返る。

一日中あそこに閉じこもっていたら、そりゃ豆も切れるか。

胸の奥で何か熱く沸き立つものがある。どうして俺がこんな目に、と苛立つ一方で、久しぶりに患者と向かいあえることに喜びを感じていた。

「原美穂と申します」

診察室で向かい合った女性は、小柄の大人しそうな人物だった。カルテによれば年齢は二十三歳。大学を卒業後、現在はフリーターとある。茶色のミディアムヘアに囲まれた丸顔は、まだ学生らしさの残る、あどけないものだった。

だが印象とは裏腹に、身を乗り出すようにして、じろりと福原をねめつける。

「あなたが福原先生ですか。間違いありませんよね」

追い詰められたネズミのような瞳。緊張しているようだが、どこか挑戦的でもあった。

「そうですが」

「我儘《わがまま》言ってすみません。福原先生は患者を誤魔化すようなことはせず、きちんと向かい合ってくれる方だと聞きまして……どうしても、診てもらいたかったんです」

「ご期待に応えられるかわかりませんが、全力を尽くしますよ」

「先生。私、あとどれくらい生きられるんでしょうか」

唐突なその問いに一瞬面食らうと、美穂はたて続けに言った。

「先生、聞いてください。私、夢があるんです。そんなだいそれたものではないんですけど、夢が」

「夢？」

「お母さんになりたいんです」

少し恥ずかしそうに、美穂は言った。

「赤ちゃんを産んで、育てたいんです。別にお金持ちでなくても、普通の家でいいから、家族を作るのがその……ずっと夢で。でも今までは、あんまり意識してませんでした。

何となく、そのうち叶うって思ってたんです。彼氏もいたし、同棲もしてたし。私は前に進んでるつもりでした」

膝の上で固く握りしめた拳が震えている。

「でも、HIVだって言われて、何もかも、滅茶苦茶になって……彼に裏切られたのもそうだし、エイズなんて大変な病気にかかっちゃって、これからどうしたらいいのか。もう、死んじゃおうかって思ったんですよ。でも、母が許すんです」

福原が見つめる前で、美穂は少しずつ、言葉を絞り出す。

「私を許すんです。もうセックスもできないし、子供も作れない、家族は作れない私を、許すんですよ」

自分の後ろ向きな思考に呑まれまいとするように、美穂は顔を上げた。

「それからです。今までよりもずっと強く、夢を叶えたいって思うようになったんです。残された少ない時間は、余すところなく自分のために使いたい。もう無駄足はしたくなくて。ようやく、やる気が出てきたんです」

宿題を夏休みの最終日にやるタイプなんでしょうね、と恥ずかしそうに俯く。

「エイズになったら余命は二年くらいで、死亡率は九十パーセント以上だと聞きました。こんなことを言うのはおかしいってわかってます。でも私、お母さんになりたいんです。だから病院を調べて、福原先生の評判を聞いて、今日ここに来ました。私は、諦めたくない。何とかしてください！」

美穂の剣幕に福原は圧倒され、しばらく言葉が出てこなかった。それを拒絶と受け取ったのか、美穂は悔しげに妥協案を述べる。

「お母さんが無理なら……自分の子供じゃなくてもいい。誰かの子供でもいい。ほんの一時でもいい。養子でもいいし、保母さんでも、ベビーシッターでもいいです。時間を、私に時間を作ってください……」

「どうして、そこまでお母さんになりたいのですか？」

好奇心を抑えられず、福原は思わず聞いてしまった。

「えっ……それは。どうして、でしょう」

考えたこともないといった様子だった。美穂はゆっくりと時間をかけて言葉を紡ぎ出す。

「母親を見ていて、素敵だなとか。家族っていいなとか。でも、違うな……それだけじゃない。それもあるけど、それだけじゃなくて、もっと何か、もっと奥の方から来るものです」

「奥の方から？」

「うまく言えませんけれど、生きたいって思うことが。産みたい、に繋がっている気がするんです」

美穂はお腹のやや下を押さえながら言った。女性ならではの感覚なのかもしれない。

福原は軽く頷いた。

「変な質問をしてすみませんでした」

福原は患者用の手引書を脇の棚から取り出しながら言う。

「あとどれくらい生きられるか、でしたね。生きましょう。五十年でも百年でも、生きましょう。家族を作って、子供も産んで、お母さんになりましょう」

「えっ？」

「ＨＩＶについて、どこまで説明を受けましたか？」

「いえ、まだ、ほとんど何も……とにかく陽性だとわかったので、今後の治療方針について相談するために、大きな病院に行くようにと言われただけで」

「あ、そうですか。じゃあ、まずは正しい知識を身につけるところからですね」

福原はにっこりと笑う。

「ＨＩＶなんて怖い病気じゃありませんよ。美穂さんなら」

†

商店街の外れにある一軒のバー。準備中と書かれた札が下がっている。

「どうした駿太、元気ないじゃん」

店長の古谷がカウンターを布巾《ふきん》で拭いながらこちらを見た。駿太は氷を割ってケースに入れながら返す。

「いやあ、今日ちょっと寝不足で……」

「お前みたいなアホでも眠れないとかあんのかよ」

ピカピカになった黒御影石のカウンターを覗き込んで、古谷はヘアスタイルと蝶ネクタイ、そして前歯をチェックし始める。

「あと、ちょっと微熱もあるんですよ」

「お前みたいなバカでも熱とか出るのかよ。さっさと治せっての」

「……」

言い返す気力もない。黙ってグラスを拭く。溜め息がこぼれた。

「おいおい、どうした。落ち込んじゃって、まあ。軽い冗談だって。何かあったの？」

「彼女と喧嘩したんですよ」

「何だよ、そんなことかよ。心配して損したわ」

「それが、変な捨て台詞まで吐かれて。俺が病気だって」

「病気って、どんな？」

「いやその……エイズだって」

古谷が手を止める。その目の色が変わっていた。

「おい、それどこまで本当なんだよ」

「え。いや、あいつが俺を脅かすために嘘をついたんです。悪質な冗談ですよ」

「……冗談？」

「当たり前じゃないですか」

駿太は笑ってみせたが、古谷は眉ひとつ動かさずに言った。

「ならいいけどよ、もし本当に病気になったら、うちの店やめてもらうから」

驚くほど冷たい声だった。

「え？」

「そりゃそうだろ。お前、エイズのバーテンが作った酒、飲みたいかよ」

「……いえ。でも、嘘ですから……絶対」

しばらく古谷は駿太の目を覗き込んでいたが、やがてふんと鼻を鳴らした。

「普段から舐められてっから、女にそんな嘘つかれんだよ。男ならもっとシャンとしろや」

「はは……」

何とか疑いは晴れたようだ。駿太はほっと息をつき、開店前の準備に戻った。ふいに古谷が何か思い出したように顔を上げた。

「そういえば、前にいたな、エイズのお客さん。色々話聞いたけど、大変そうだったたなあ」

「え？　ど、どんな話してました？」

「なんか病院に行くと、舌を見られるらしいぜ」

「舌？」

「カビが生えてないか見るんだとさ」

思わずグラスを取り落としそうになる。慌てて手を伸ばし、何とかキャッチした。

「舌にカビが生えるような病気なんですか」

「免疫がダメになっちゃうから。カビとか、バクテリアとか？　普通なら追い払えるような微生物に、体を食い荒らされるんだとよ」

「免疫って何ですか」

「そりゃ、そのー……あれだろ。赤血球とか、白血球とかだろ。ばい菌と戦う奴だろ。俺も詳しくは知らねえよ、医者に聞けって」

「……で、そのお客さんはどうなったんですか」

「あ、そういやしばらく来てないな。死んじゃったのかもなあ」

筋肉質な腕をかきながら、古谷は笑う。あまり興味がなさそうだったが、突然こちらをじろりと睨んで言った。

「お前、顔色悪いぞ？」

「いえ……すいません、ちょっと腹が痛くて。便所行ってきます」

「おう。ついでに、トイレ掃除もよろしくな」

突き出されたデッキブラシを受け取り、駿太は便所に入った。狭くて窓もない、息のつまりそうな個室。だが、かえって落ち着いた。洗面台の鏡に向かい、自分の顔を眺める。蒼白《そうはく》な顔だ。そっと舌を出して確かめる。

カビが生えていないかを。

「なあ駿太」

扉のすぐ向こうから古谷の低い声が聞こえ、思わず飛び上がりそうになった。

「本当に、嘘なんだろうな？　さっきの話」

否定しようとしたが、咄嗟《とっさ》に声が出なかった。口の中がカラカラだった。舌で歯の裏を舐め、必死に湿らせてから答える。

「もちろんですよ」

わりい、わりい。

古谷の笑い声が遠ざかっていく。

その場にへたり込み、溜め息をつきながら額をなでた。じっとりと濃い汗がにじんでいる。それから鏡に向かい、もう一度舌を出して眺める。改めて見ると、自分の舌がどんなだったかよく思い出せない。端の方が白くなっているような気もする。が、元からこうだったような気もする。

どう判断すべきかわからない。指の先でひっかいてみると、白い欠片《かけら》はぽろりと取れた。

†

「じゃあ……子供も作れるし、セックスもできるんですか？」

信じられない、といった顔で美穂が言う。福原は力強く頷いた。

「はい。もう一度言いますと、美穂さんはＨＩＶ……ヒト免疫不全ウイルスというものに感染した状態なわけです」

「はい。それがエイズですよね」

「あ、違います。まだエイズじゃないんです。このＨＩＶというウイルスは、ほっとくとどんどん増えまして、体の防衛機能を破壊していくんです。すると、普通の体なら平気なカビや、微生物にも簡単に感染してしまうようになる」

「日和……何でしたっけ」

「日和見《ひよりみ》感染ですね。そういった病気のいくつか、二十三種類をまとめて、エイズ指標疾患といいます」

「ええと……はい。エイズ指標疾患という病気が、二十三個」

福原は美穂の理解度を確認しながら、つとめてゆっくりと説明する。

「ウイルスが増えた結果、その二十三種類の病気にかかるくらい体が弱ってしまったら、そこで初めてＡＩＤＳ《エイズ》……後天性免疫不全症候群と呼ぶようになります」

「え、あ、そうなんですか？」

「はい。つまりエイズというのは『危険な状態』くらいの意味に考えてください。普通の風邪だって、体調不良から危篤まで色々あるでしょう？」

「は、はい。じゃあ私はまだ、危険じゃないんですね。そうなんだ……」

「それをふまえて、この血液検査結果を見てください」

福原は数字の印字された紙を差し出す。

「ＨＩＶ・ＲＮＡ量という項目がありますね」

「百二十八万四千コピー、とありますが……」

「これはウイルスの数の指標です。美穂さんの血液一ミリリットルの中から、それだけウイルスのＲＮＡが見つかったというわけですよ。あ、ＲＮＡというのは、ウイルスが増える時に使う道具、くらいに思ってください。つまりこれが多ければ多いほど、ウイルスがうじゃうじゃ増えているってわけです」

「あのう……随分たくさんいませんか」

「いますいます。一ミリリットルに百万ですから。もう、相当います」

福原は明るく言った。この子は、ＨＩＶに感染して間もないようだ。感染直後は急増しがちなことを考えれば、別に悲観的になる数字でもない。

「私、ど、どうすれば……」

「大丈夫。薬でやっつけます」

ぐっと拳を握って、福原は笑ってみせる。

「抗ウイルス薬を飲んでもらいます。薬が効いているか確認するため、定期的に検査もします。現在百万コピーを超えているウイルス量を、二十コピー以下にしましょう」

「そんなに減らせるんですか？」

「はい。この二十コピーというのは、現在の医学における検出限界でしてね。つまり、血液の中にウイルスが見つからない状態にまでもっていくわけです。今の医学にはそれができるんです」

「もしかして……ウイルスがいなくなれば、治る？」

「生活に問題がない状態になります。六か月以上に渡り、検出限界以下を維持できていれば、他人とセックスしても感染リスクはゼロとされています。普通の人と同じ、というと語弊がありますが、まあほとんど同じになるわけです。長生きも人並みにできるでしょう。余命に大きな影響はないとする研究データもありますからね」

「ちょっと待ってください。普通に赤ちゃんも産めるということですか」

「もちろん。健康な赤ちゃんが産めます。あ、母乳はちょっと危険なんで、赤ちゃんにはミルクをあげることになりますけどね」

美穂の顔に光が差した。張りつめていた表情が、みるみる和らいでいく。

「それくらいのことで……すむんですか」

「言ったでしょう？　怖い病気じゃないって」

「驚きました。恐ろしい話ばかり聞いていたので。未知の病原体で、対処法もないとか、元はサルの病気で、人類にとっては致命的だとか……」

「噂が独り歩きしたデマはもちろん、医学の進歩で古くなった情報も多いんです。中途半端な知識が一番怖いですよ。偏見や差別に繋がるので。実際、ゲイの病気だとか、麻薬中毒者の病気だとか、ちゃんとした統計も見ずに言っている人はまだ少なくありません。でも、正しい知識をつけて、冷静に対処していけば、闘えるんです」

「良かった……」

「私たちがいます。一緒に、頑張っていきましょう」

福原は、胸をどんと叩いてみせる。

「ありがとう……ございます」

余程嬉しかったのだろう。美穂は、しばし俯いて目を拭っていた。

「えーマジ？　駿太、エイズなの？　うけるー」

受けねえよ。全然面白くもなんともねえよ。この酔っ払いが。

「違いますよ。そういう嘘をつかれて、へこんでるだけですって」

内心不快に思いつつも、表情には出さないように注意しながら、駿太はタンブラーグラスにジンを注ぐ。トニックウォーターを入れ、さっとステアして完成。ライムを添えて、差し出した。

「でもさー、心当たりあんでしょ？　変な風俗行ってそうだし」

「やめてくださいよ、そんなとこ、行ったことないですよ」

本当は古谷さんに誘われるたびに行く。多い時は週に三、四回にはなるだろう。正直金銭的にも厳しいが、いい男になりたかったら女遊びを覚えろというのが、古谷さんの口癖なのだ。ソープやピンサロだけではなく、ニューハーフヘルスやイメクラ、M性感まで。

†

黒髪にスーツ姿の若い女性は、下品に股を広げて煙草を吸いながら、がばっと口を開けてジントニックに口をつける。会社ではこんな態度じゃないんだろうな。

「なんだ違うのか。でもよかったね、エイズになると人生滅茶苦茶だよ」

「え、そうなんですか？」

思わずカウンターから身を乗り出す。女性は髪をかき上げ、ライムスライスを汚らしくしゃぶった。

「薬がちょー高いんだよ、確か」

「高いって？」

「月に何十万とかお金がかかるんだって。お金持ちじゃないと、治療すらできないよね。それだけじゃなくて、飲むのも凄い大変なの。何十種類もあってさ、全部飲み方が違うんだよ」

「そんなに薬を飲むんですか。毎日？」

女性はにやっと笑う。

「あったりまえじゃん！　毎日、一生だよ。しかもね、飲み忘れたらオワリじゃなかったかな。薬が効かなくなって、どうしようもなくなる」

眉間に皺が寄っていくのがわかった。何だよそれ。

一日も欠かさず、何種類もの高価な薬を、間違えずに飲み続ける。旅行中も。休みの日も、忙しい日も。

そんなの、生活できないじゃないか。

少し離れたカウンターで、店長が女の子を口説いている。笑い声がどこか遠くで聞こえるような気がした。汗ばんだ手を、誰にも気付かれないようにぎゅっと握りしめる。

無理だ。俺はエイズになんかなれない。なったら、生きていけない。だから、俺がエイズであるわけがない。エイズであっちゃ、いけないんだ。

「はあ、大変なんですねえ……」

無理に明るい声を出すと、口の端が引きつった。

†

「これからはHAART《ハート》という薬の飲み方をしていただきます」

福原はいよいよ、投薬についての説明に入る。

「別名カクテル療法とも言うんですが、要は数種類の抗ウイルス薬をいっぺんに飲んで、ウイルスをこてんぱんにするわけです。中途半端にやると、ウイルスが耐性を得てしまって、薬が効かなくなっちゃうんで」

「はい。やり方、教えてください」

美穂は手帳とペンを構えて福原を見ている。準備は万端のようだ。

「と言っても、別に難しいものじゃありません。昔は一日に十六錠とか、薬を飲む必要があったんですけど」

「そ、そんなにたくさんですか。薬だけでお腹いっぱいになっちゃいそう……頑張ります」

　早合点する美穂の前に、福原は小さな粒をつまんで掲げる。一円玉ほどの横幅の、細長い楕円形の錠剤だ。水槽に生えるコケを乾かしたような色。

「例えば、これはスタリビルドという薬」

「これと、何を飲むんですか」

「これだけで結構です」

「え？」

「今は配合剤があるんですよ。複数の薬を一つにまとめることに成功したわけですね。ＨＩＶの型や、体質によって処方は変わってきますが、美穂さんの場合はこれ一錠を、一日に一回飲むだけ」

「……簡単、ですね」

　呆気《あっけ》にとられた様子の美穂。福原は頷く。最初に難しいと思わせて実は簡単だと持っていくのは医者がよくやるテクニックの一つだが、実際ＨＩＶの治療は劇的に進歩していると思う。

「まあ、症状によってはもう数種類飲んでもらうかもしれません。肺炎予防にＳＴ合剤とかね。でも、そんなもんです。これなら続けられそうでしょう？」

「はい」

「それで、そうですね……半年くらいで、検出限界以下にまでウイルス量を減らせると思います」

「え、そんなに効くんですか?」

「ええ。ただ、飲み忘れは絶対しないようにしてくださいね。一度でも飲み忘れると、ウイルスが変異する可能性があります。こうなると厄介なんですよ。およそ二十回に一回、飲み忘れるだけで危険です。僕たちは診断して、適切な薬を出すことはできます。しかしそれをきちんと飲み続けるかどうかは、美穂さん次第。美穂さんの毎日の闘いになるんです」

「はい。わかりました」

美穂は頷き、静かに言った。かすかに微笑んですらいた。

「最初から、闘う覚悟はできてます」

そんな感じだな。

福原も口の端で笑った。闘うつもりの患者は、強い。絶望の淵を見てなお、闘わんとする者は特にそうだ。そういう人と共に闘えることは幸せだ。

美穂ははっと口を開く。

「そうだ、治療費はどれくらいかかりますか。恐縮ですが、今はあまりお金がないんです。まだ仕事が見つかってなくて……」

覚悟のできている患者は、こういった話も遠慮なく切り出してくる。そうこなくちゃ。

「だいたい月に二十万ですが、色々な制度があり……」

「わかりました、二十万ですね。何とかします」

あ、ちょっと待ってくれ。

即座に承諾する美穂に、こっちの方が置いて行かれている。

「健康保険が使えますから。三割負担で六万円少々。それから身体障《しょうがい》害者手帳を申請できるんですね。その助成も使えば、自己負担額は一万円以下、収入によっては無料ですむはずです」

「えっ、そんなに安くなるんですか？」

「ＨＩＶ患者を支援する制度も、充実してきているんですよ。かつては恐怖の病気でしたが、医学は、人間社会は、これを克服しつつあるんです」

福原は誇らしげに言った。自分の功績だなどと言うつもりはない。医学を学んだ者、人間社会に属する者としての誇りだった。

「そもそも、ＨＩＶは不治の病と思われていますが、どうして治らないのか知っていますか？」

首を横に振る美穂。

「いえ……やっぱり、未知のウイルスだからでしょうか」

「答えは、ＨＩＶは隠れんぼ名人だからです」

「隠れんぼ名人？」

「そうです。あいつ、隠れるのがうまいんですね。血球の中に上手に潜んでいるものだから、薬が届くまでに時間がかかる。でも、逆に言えばそれだけなんですよ。ＨＩＶは治るんです」

「えっ？　治る？」

「はい、治ります。ただ、今の薬だとＨＩＶを全部見つけて、体から綺麗に追い出すまで、ざっと七十年くらいかかるんです。だから先に寿命が来てしまう」

福原は豪快に言い放つ。

「無敵の病原菌でも、悪魔のウイルスでも何でもない。ただ長期戦というだけなんですよ」

もちろんそれをどう受け取るかは人次第だ。絶望することは簡単である。だが、福原はリラックスした調子で伝えた。

「長期戦なんて、人生にはたくさんあるじゃないですか。ある人は肌荒れしやすいかもしれませんし、また別の人は低血圧。ほうれん草が嫌いな人もいれば、人前ですぐに緊張してしまう人もいる。そして、ＨＩＶにかかった人もいる」

「それは……同列に語れますか」

「語れますとも。みな、一生をかけて自分と付き合っていくんです。工夫しながら、時には面倒だとも思いながら。肌が弱いならクリームを塗ったり、朝が苦手なら二重に目覚ましをかけたり。ほうれん草はピューレにして卵焼きに混ぜれば食べやすくなる、人前で緊張するなら事前に練習しておく、ＨＩＶは薬をちゃんと飲めばいい。どうです、ＨＩＶなんて、大した問題じゃない気がしてきませんか？」

「し、してきます。そっか……私、治るんだ」

「その意気ですよ。治ると思えば道は開ける。闘う意志が一番大切なんです。それにしても、よく病院に来てくれました。どんな病気もそうですが、早期発見が肝心ですから」

「早期発見……」

美穂は一瞬、不安げな表情を見せた。

「病気が治らないのは、多くの場合『手遅れ』だからなんですよ。美穂さんが最初におっしゃっていた、ＡＩＤＳの余命が二年というのも、まさにそれですね。放置して治療しない場合の話なんです。そういう意味では、病院に行くのが一番最初の闘い、と言えるでしょう。美穂さんはちゃんと闘いました。立派です」

福原は力強く告げた。

やがてもっといい薬が開発され、七十年もかからず、ほんの数日でウイルスが駆逐される時代が来るだろう。その時、かつて悪魔の病原体と恐れられたＨＩＶはただの風邪にまで失墜する。壊血病を、天然痘を、結核を下してきたように、医学の進歩に限りはない。いや、医学ではない。挫《くじ》けぬ人間の心に、果てがないのだ。

倒れていった者もいる。願いが叶わなかった者もいる。だが、彼らのバトンを受け継ぎ手渡して、医学は人の希望であり続けてきた。

「頑張りましょうね、美穂さん」

手を差し出す。

「はい」

美穂は慌ててそれに応じる。小さくて白い手が、福原の手に触れた。

相手を元気づけているようで、福原は自分もまた励まされているような気がした。二人は、握手を交わした。互いに熱を分け与えるようであった。

†

舌の上にぶつぶつが見える。

駿太は洗面台で鏡に向かい、舌を出したり引っ込めたりを繰り返していた。

白っぽい色が見える。ピンクの部分と斑《まだら》になっている。カビだろうか。爪の先で何度かひっかくと、取れる。歯ブラシで舌の上をゴシゴシとやってみる。痛くなるまで続けてから、いったん満足してリビングルームに戻った。ウイスキーを飲みながら、面白くもないTVゲームをする。しばらくレベル上げをして、また不安になって洗面所へと走る。

予防しておいた方がいいかもしれない。流しの下を探り、カビ除去剤を取り出す。ビニール袋で二重に包まれていた。美穂が風呂場などを洗った後にそうしたのだろう。面倒くさいことをするやつだ。乱暴に破って開けてから、パッケージを見た。

直接皮膚や粘膜にかからないようご注意ください。

目立つ赤字でそう書かれている。舌に載せていいものだろうか。プラスチックのボトルを持ったまま、しばし考え込む。

スーパーで売られているものじゃないか。本当に危険な薬品だとしたら、子供なんかがイタズラして事件になっているはず。そんなニュースは聞いたことがない。つまり、大丈夫だ。普通に考えて、そうだ。

ほんの少し歯ブラシの先にスプレーしてみる。プールでおなじみの塩素臭がぷんと立ち込めた。さらに数度スプレーし、それをそおっと舌へと持っていく。

電話が鳴った。

驚いて思わず歯ブラシを手放し、口に含んでしまった。思いっきりカビ除去剤が舌につく。思ったのと違い、痛みはない。強烈な臭いが口中に広がるとともに、痺《しび》れるような感じがした。触れてみるとぬるぬる、ざらざらする。歯ブラシごとそれを吐き出し、慌てて水で口をゆすいでから、駿太は携帯電話を探した。

†

二日ぶりに美穂が携帯電話の電源を入れると、予想した通り駿太からの留守電やメールが大量に届いていた。内容を確認する気にもなれない。美穂は溜め息をつき、しばらく目を閉じて考え込んだ。

駿太が心から謝らない限り、戻らない。そういう覚悟で飛び出してきた。下手に情を見せるとつけ込まれるし、自分の決心だって揺らぐ。そうしたら元の木阿弥《もくあみ》だ。だからこれは、これからかける電話は、決して愛情じゃない。

義理だ。

「しゅんたん」という連絡先を表示して電話をかけると、呼吸を落ち着かせながら携帯電話を耳に当てた。

用件だけ告げてすぐに切ろう。用件だけ告げてすぐに切ろう。心の中で繰り返す。

「っも、もしもし」

慌てた様子で駿太が電話に出た。妙な声だった。舌を火傷したような声、とでも言おうか。

「美穂か？」

それでも駿太だった。男性にしては比較的高いその声を聞くだけで、胸の奥がじわっと温かくなり、ぐっと心が引き寄せられるのを感じる。体調は大丈夫？　仕事は無事に終わったの？　ご飯、何食べたい？　そう聞きたくなるのをこらえ、できるだけ冷たい声で言った。

「うん。そう」

「お前、なんで返事しねえんだよ。充電器、忘れてったのか。ドジだな、相変わらず」

無頼ぶった口調だけれども、ありありと安堵がにじみ出ている。私が電話してきたのが嬉しいのだ。相変わらずだな。

「で？　頭は冷えたわけ？　どうせ俺がいないとダメだって気がついて、おそるおそる電話してきたんだろ。心配すんな。今後気をつけるっていうなら、俺だって鬼じゃない、許すよ。帰って来いって。仲直りしようや」

何だかよくわからないが、こちらが悪いということになっているらしい。そんな駿太に急速に気持ちが冷めていくのを感じながら、美穂は告げた。

「検査、した？」

「え？」

電話の向こうから戸惑いが伝わってくる。

「ＨＩＶ検査だよ。検査キット、あげたでしょ」

「いや、それは、その」

駿太の語尾がもごもごとかき消えていく。

「何。ちゃんと言って、聞こえない」

「け、検査キットは捨てちったよ」

「はあ？　捨てた？　何で」

思わず声が裏返る。

「だってよ、気味が悪いもん。あんなの部屋に置いときたくねえ」

美穂は大きく溜め息をついた。駿太にもそれは聞こえたはずだ。

「ねえ駿太、よく聞いて」

「あ？　何だよ。またお説教か」

「私ね、医者に行ったの。ＨＩＶは怖いものだと思ってたけど、ちゃんと治療すれば治るってことがわかった。でもね、治療しなければ危険なの。放っておけば、いつか手遅れになるって。だからちゃんと検査して」

「平気だよ。俺、エイズになんてなってるわけないし」

「だから、それをちゃんと確かめてよ。なんで自分で勝手に決めるのさ」

「つまりさ、美穂は俺のことが心配なんだろ？」

「何でそうなるの」

言い返したが、図星だった。

福原医師に「放置すれば危険」という話を聞いた時、頭に思い浮かんだのは駿太のことだった。

「俺が大切なら、素直にそう言えばいいじゃないか。なあ、何度も話しただろ。金が溜まって今の店での修行がすんだら、自分の店を持つって。そこでは俺がバーテンで、営業が終わったら毎日お前のためにカクテル作ってやるって。なあ、戻って来いよ。もう一度やり直そうぜ」

心は揺れた。だが、美穂は耐えた。これまでに何度もそうやって騙されてきたのだ。

「やり直すとしたら、駿太に会う前からやり直したいと思ってる」

「……え？」

「だって駿太、夢を叶える気なんてないじゃない」

「そんなことねえよ」

笑い声が聞こえてきたが、駿太は明らかに焦っていた。

「修行だなんて言ってるけど、結局あの古谷って人に安く使われているだけじゃない。お金だって貯めずにどんどん遊びに使っちゃうし。その日その日が楽しければそれでいいの？　私、何度も言ったよね。独立したいならまずはあの人と縁を切って、自分で勉強しないとって」

「はあ？　お前、古谷さんのこと知らないくせに良くそんなこと言えんな」

「私たちの関係だってそう。同棲したまではいいけど、ちっとも前に進めようとしないよね。一度パパに会って欲しいって言ったのに、いつもはぐらかしてばっかり。女遊びだってね、私は気づいてたから。嫌だったけど、でも遊びみたいだったから。私だって完璧な彼女じゃないし、黙ってただけ、それだけ」

「それは、だから、その……事情が。ほら、ええと」

「やり直したいなら、変わってよ！」

美穂は叫んだ。いつの間にか、目からは涙が流れ出していた。

「駿太は弱虫だよ。心を入れ替えて、ちゃんとしてよ、私を幸せにしてよ！　そうしてくれなきゃ、私……」

電話の向こうは沈黙だけが漂っている。いつもみたいに、途方に暮れているんだろうな。

「どうせ……変われないくせに」

「美穂、俺は」

「口ばっかり。ずるいよ！」

大声で言い放った。自分の涙を拭い、しゃくり上げそうになるのを抑える。泣いているなんて知られたくなかった。

「私、もうママに心配かけたくないから。だから、もう電話してこないでください。最後にもう一度言うけど、検査だけはした方がいいよ。じゃ、さよなら」

感情を押し殺した声で告げると、美穂は電話を切った。そしてベッドに倒れ込むと、濡れた顔を枕に押しつけて、しばらくの間嗚咽《おえつ》していた。

†

その夜、駿太は仕事を休んだ。

とても働きに行くような気分ではなかった。思ったよりもずっと強く美穂に拒絶されたことは確かにこたえていたが、それだけではない。

カビ除去剤で痛む口を調べようと、鏡の前に立っていて、見つけてしまったのだ。

何だよ、これ。

犬歯よりも少し奥、上唇と上の歯茎の間くらいに、ぷっくりと膨れている肉の塊。アメリカンチェリーのように赤黒く、レーズンのような異様な形をしている。痛みはない。舌先で触れると、瘤《こぶ》のように弾力がある。

口内炎にしては、大きすぎる……。

背中に寒気が走った。駿太は口を閉じ、震えながら布団に潜り込む。夢の世界に行って、全てを忘れてしまいたかった。朝起きたら全てが消えてしまっているように願った。

カポジ肉腫。エイズ指標疾患の一つであるとは、駿太に知る由もなかった。

†

木製の柵の上、カタツムリが這っている。こんなにのろまで、本気で上っているつもりなのだろうか。肘《ひじ》で顎《あご》を支え、美穂はそののんびりした様を不満に思いながら眺めていた。

「朝ごはんができたよ」

母に呼ばれ、美穂は階下に降りてテーブルについた。正面には父が座っていて、大きく新聞を広げて読んでいる。どんな表情をしているのかはわからない。やや緊張しながらハムエッグに醤油をかけると、父の声がした。

「母さんから全部聞いた」

手を止めて顔を上げる。父は相変わらず、新聞紙の向こうにいた。

「血液検査の結果も見せてもらった。このウイルス量というのはわかったが、CD4の二百六十という数値は何なんだ？」

「あ、それは……ちょっと待って」

美穂は手帳を持ってくると、福原医師と会話した際のメモに目を通す。

「一ミリ×一ミリ×一ミリの四角の中に、二百六十個、CD4陽性リンパ球があるってこと。このリンパ球は、免疫の重要な役割を担っている細胞で……この数値がつまり免疫力、自力でばい菌とかをやっつける力の指標になるんだって」

「二百六十というのは多いのか」

「ううん。普通は千から七百くらいはあるものだから……だいぶ少ない」

「なるほど」

父が言葉少ななせいか、美穂がかえって饒舌《じょうぜつ》になる。

「普通の人の三分の一の量。だから普通の三倍、弱くなってるとも言える。数値が下がれば下がるほど、どんどん自力では闘えない病気が増えていく。二百を切ったら、AIDSと呼ばれる状態がもう目の前。そして、AIDSの状態から持ち直せなければ……」

死。

「ふむ。だから薬でウイルス量を減らし、CD4は増やしていくわけか。二つの数値を管理しつつ、投薬を調整すると」

「うん、そういうこと」

さすが父は母よりもずっと理解が早い。

「そうか」

父は新聞紙を畳み、テーブルの脇に置いた。

分厚い銀縁眼鏡、大きな目に鷲のような鼻。いかついその姿は同じだったが白髪がずいぶん増え、皮膚が少したるんだようだった。

「ごめんなさい……パパ。その、勝手に家を出て行って」

父は深い息を吐くと、ゆっくりと言った。

「ここはお前の家だ。好きに使ったらいい」

「ありがとう……」

「例の男とは、もう別れたのか？」

「うん」

「そうか。その方がいいだろう」

「……やっぱり、チャラチャラしすぎだった？」

「母さんとお前から聞いた話でしか知らないがな。まあ、少々軽薄な印象はあった」

「やっぱ、そうか……」

「お前は聞く耳持ってなかったがね」

煙草の箱を取り出してから、父はこちらをちらりと見た。

「ＨＩＶというのは、副流煙はいいのか？」

「大丈夫だと思う」

美穂はそう答えたが、台所から母がひょいと顔を出した。

「あなた。ＨＩＶにかかわらず、若い女性に煙は吸わせない方がいいんじゃない」

父は黙って頷き、煙草を戻す。愛してくれているのだ。こんなにも。美穂は胸の奥がきゅっと締め付けられる思いだった。

「そういえば職探しは、順調なのか？」

「……うん。いくつかいいところが見つかりそう。今度、面接行ってくる」

一から生活をやり直すにあたり、福原医師とも相談しながら、美穂はこれまでのコールセンターのバイトをやめ、正社員登用の見込める職を探していた。

「ちょっと長いハシカだったけど、治ってくれたようで安心よ」

お玉で鍋をかき回しながら、母がそう言った。温かいトマトスープの香りが台所から漂ってくる。

ハシカ、か。心のどこかがちくりと痛んだ。まだそんな風には割り切れないけれど。

「居酒屋でバイトするって言った時から、母さんはちょっと不安だったのよね。女扱いがうまいだけの男に引っかかっちゃうんだから。男に免疫ないのにさ」

彼にだっていいところもあるんだよ。口からそう言葉が出かけたが、やめた。今さら駿太をかばって何の意味があるのか。代わりに頭をかきながら笑う。

「男の免疫はついたけど、ＣＤ４は下がっちゃったかな」

「……美穂にしか言えない冗談ねえ」

おかしそうに母が笑う。父は再び新聞を読み始めた。

ありがとう。パパ、ママ。私、もう一度頑張る。今度こそ心配かけないようにするから。

美穂は心の中で、決意を新たにした。

†

桐子医院の窓には、カタツムリがくっついている。

雨が来るまで、殻の中で持久戦の構えだ。つまりそれだけジメジメした場所にこのビルはある。

「今日も誰も来ませんね」

神宮寺はうんざりしながら言った。

「そんな急には繁盛しないよ。新規開店なんだから」

桐子は白湯をちびりちびりと飲みながら、分厚い洋書に目を通している。

繁盛させる気が本当にあるのかと嫌味の一つでも言いたかったが、暖簾《のれん》に腕押し。話題を変える。

「かねがね疑問だったんですけれど、あの大きな建物は何でしょう。学校ですか？」

家々の屋根の向こうには、十二階建ての大きなビルがそびえたっている。翼を広げた鳥のような形状で、上にはヘリポートが乗っかっていた。

「え、知らなかったの。東京拘置所だよ。学校にあんな高い壁はないさ」

「ひいっ」

神宮寺は小さく飛び上がる。

「犯罪者のご近所さんなわけですか、私たち」

「だから家賃が安いんじゃないか。それに、あそこも病院と大して変わらないよ。だいたいは望んでやって来ないし、意に沿わず閉じ込められる。出る時はお祝い」

桐子は平然と湯呑《ゆのみ》に口を当てている。

「……帰りたくなりました」

「ん？　帰ってもいいよ。だいたい、神宮寺君はどうして僕のところに来たの」

「休診日は木曜と日曜だけ、と決めたのは桐子先生じゃないですか」

「いや、そうじゃなくて。他に就職先はいくらでもあったはずでしょう。わざわざ僕についで来なくても」

「それは……」

どう説明したものか、しばらく迷った。自分でもそれほど明確でなかったから。答えを先送りにするのを助けるように、ノックの音がした。二人はドアに目をやる。どうせセールスか何かだと思っていると、おそるおそる、といった感じでノブが回された。

「あの。ここ、病院っすかね……」

安っぽい長袖の黒ジャージを着た背の高い男が、不安そうに瞬きしながら、立っていた。顔が赤く、時折咳をしている。桐子は席に座ったまま言う。

「まあ、そうです。医療法上は診療所ですが」

「え、医療法……？」

意味もなく厳密な返答に戸惑う男に、神宮寺は慌てて笑みを浮かべて駆け寄った。

「患者さんですよね。こちらの問診票にご記入いただけますか」

「あ、ハイ」

男は暗く貧相な室内をきょろきょろ見回しながら、紙とペンを受け取った。

「溝口駿太さんですね。どんなお具合ですか」

身動きするたびにぎしっと音を立てるパイプ椅子に座り、桐子と男は向かいあう。男は神宮寺が渡した診察券を、生のまま手に握っていた。

「あ、その、たぶん、ただの風邪なんスけど。なんていうか」

男は口を中途半端に開け、もごもごと妙な話し方をしている。

「いつからですか」

「えっと、昨日かな。たぶん」

妙な表現に、桐子が細い顎を上げた。

「本当に昨日？」

「はい、昨日っス」

「じゃあ、ちょっと喉を見せてもらえますか。口を開けてください」

桐子は傍らから銀色の舌圧子を取り出し、相手に向けた。と、男は両手を突き出して後ずさりする。椅子がぎいぎいと悲鳴を上げる。

「あ、いいっスいいっス。そういうの、いいっス」

「どうして？」

「いや、なんか怖いんで。そういうんじゃないんです」

「舌を押さえて奥を見るだけですから、痛くはないですよ」

「いや、その、俺、ちょっと風邪続きなんで。でも店長がね、お前本当にただの風邪なのかってしつこいんですよ。だからその、ちゃちゃっと診断書でも書いてもらえないかなって。ただの風邪ですって」

「診断しないと、診断書は書けませんが」

男はへらへらと笑いながら、手を合わせる。

「そこを何とか。うまいこと、やってくださいよ。こんなボロの病院だったら、なんかそういうのもやってくれるかなって思って、来たんですよ」

　おかしな患者だ、と神宮寺は思った。とはいえ診察を怖がる患者は結構いるので、特別疑問でもなかった。意外に、逞《たくま》しい男性に多かったりもする。

「せめて胸の音は聞かせてもらえませんか」

　桐子は聴診器を突き出したが、これも男は頑《かたく》なに拒絶する。

「いやあ、そういうのいいっスから。ほんとに」

「ぱっと見の情報だけで、判断しろと言うわけですか」

「そう、そう、それで何とか……お願いしますよ」

　桐子は諦めたように聴診器を仕舞った。それから男をじろっと見て、ぼそりと呟く。

「見た限りは、ただの風邪のように思えますけどね」

「そう、そうでしょう！　いやあ、それが聞きたかったんです」

　男は手をパンとうち、喜んだ。

「でもきちんと診断させてもらえない限り、診断書を書くわけにはいきません」

「ダメですか。どうしてもダメですか」

　桐子が頷くと、男はまあいいか、と笑う。

「それでもいいです。診断書は忘れたとか、書くまでもないと言われたとか、先輩には伝えることにします。ただの風邪なら安心ですから」

神宮寺は眉間に皺を寄せる。

なんだこの患者は。適当なことをされて、桐子医院の評判が下がっては困るのだが。

しかし桐子に彼を注意するつもりはないらしい。黙ったままステンレスのボウルをぽんと机に置いた。

「お代はお気持ちだけ、そこに入れてってください」

男は「お代入れ」と書かれたボウルを見つめてポケットをまさぐる。

「あの。何か俺よくわかんないんスけど、健康保険とか、そういうの、いるんでしたっけ」

「うちは自由診療のみなんです。だから保険証掲示は不要ですし、お代も今回は適当でいいです」

さほど疑問に思った様子もなく、男は、あ、そうなんですか、と百円玉をボウルに放り込んだ。ちゃりん。

少なっ。神宮寺の目がぎらりと光る。初診は診療報酬二百八十二点だぞ。つまり、普通の病院なら二千八百二十円だ。三割負担でも八百四十六円。

「はい、どうも」

桐子はボウルの中の硬貨をさしたる感慨もなさそうに見つめた。

「いや、緊張したけど、来てよかったです。あ、煙草吸っていいですか」

「院内禁煙です！」

神宮寺の鋭い声。あ、そっすか、と男は煙草の箱をしまう。それから室内を見回し始めた。

「しかし、ここはいいですね。ボロで。これくらいなら、俺も安心して来られます。実はね、他のもっと大きな病院にも行こうとしたんですよ。でも、どうしても自動ドアをくぐれなくて。直前で引き返しちゃいました。怖いんですよね、ああいうところって」

男に帰る様子はない。べらべらと話し続ける。桐子が聞いた。

「怖い？　どうして医者が、怖いんです」

「え？　なんつうか……叱られそうじゃないですか。学校の先生みたいで、俺は苦手なんですよ」

「嫌なら、会いに行かなければいいでしょう」

「いや、ま、そうですけど。そうもいかないっていうか」

「誰に強制されて来るわけでもありませんよね」

「つーか何ですか、そこ突っかかってくるところですか」

桐子は、純粋に疑問らしい。首を傾げながら続けた。

「医者なんて、道具にすぎませんよ。もちろん、色んな医者がいますけどね。どの道具を選び、使うかは自由。ハサミだって使い方によっては怪我しますが、ハサミそのものが襲ってくるというわけじゃない」

　チン、と桐子はボウルの中の百円玉を指先ではじく。

「駿太さんは、お金を払ってわざわざ来たくせに、医者を使う意識が足りないんじゃないですか？」

「な、なんすか。俺が悪いってんですか」

「いえ、悪いとは言ってませんよ。ただ僕とは違うなあと、そう思っただけです」

「先生は違うんですか。医者に行くの、怖くないんですか」

　駿太は不思議そうに桐子の顔を覗き込む。

「怖くありませんよ」

「何で？　だって何か変な病気だってわかるかもしれないでしょ」

「変な病気がわからないままになってる方が、怖いと思いますが」

「変な薬飲まされるかも知れないし」

「薬が疑わしいなら確認するか、自分で調べればいいんです」

「いや、違いますよ、そうじゃなくってさあ」

　どうしてわかんないのかな、と駿太は髪をかきむしった。綺麗にセットされたツンツン頭が乱れる。

「あ、そうだ。これだ。医者に行ったら、実はあと何日で自分は死ぬとか、わかっちゃう場合もあるわけでしょ。それって怖いでしょ」

「そんなことも、ないですけどね」

桐子は立ち上がる。

「僕、全てに数字が宿っているなんて考えることがあるんです。たとえば」

すっと本棚を指さして続ける。

「あの本を読めるのは、あと三回」

呆然としている駿太の前で、桐子は部屋中のあちこちを指さしていく。

「白湯を飲めるのは、あと五千回。椅子に座れるのはあと三千回。あ、これ、適当に言ってますからね。神宮寺君と一緒にお仕事できるのはあと三百回。駿太さんとおしゃべりできるのはあと十回」

指さされた駿太は、目を白黒させていた。

「まあ、何回かって正確な数はわかりませんけど、でも人はいつか死ぬわけです。全てに有限な数字が宿っているんです。であれば今更何日で死ぬとか言われても、別にどうということもないでしょう」

「いやあ、そうは思えませんけどねえ」

駿太は呆れたように笑った。

「だって嫌じゃないですか。あと何回ご飯食べられるとか、そんなこと思って食って、飯美味いですか。辛いだけでしょ。俺は嫌ですよ」

「辛いかどうかは知りませんが、それが現実ですよね」

桐子は困ったように笑う。

「いや、だから。現実だからって、見たくないものもあるって話ですよ」

「ああ、なるほど」

そこでようやく桐子は合点がいったようだった。

「そうか。駿太さんは現実を見ないふりする方が好きなんですね。そうか。そこが僕とは違うんですね。なるほど。理解した」

うんうんと頷いている。神宮寺は気が気でなかった。桐子は素直に話しているだけなのだろうが、これじゃほとんど嫌味だ。

「は、はあ」

駿太は少し不機嫌そうだった。眉間に皺を寄せ、腕組みしている。だが別に殴り合いの喧嘩には発展しなかった。

「……じゃあ先生。俺はそろそろ帰ります」

そう言って駿太は立ち上がる。

「はい。お大事にしてくださいね」

軽く礼をする駿太に、桐子は穏やかな表情で言った。

「あと何回、僕たちおしゃべりできますかね」

ちょっと先生、余計なこと言わないでください。神宮寺は桐子を睨み付ける。

駿太は苦笑で返すばかりだった。


「悪趣味ですよ、桐子先生。変な理屈で煙に巻いて」

駿太が去った後、神宮寺は初のカルテをファイリングしながら言った。

「別に煙に巻いてないよ。思ったことを言っただけ」

「でも、駿太さん、困った顔してたじゃないですか」

「そう？　気付かなかったな。あ、問診票をもう一度見せて」

ファイルを渡すと、桐子は眺めながらぼそりと呟く。

「……うーん。情報が足りないな」

「あの人、どういう人なんでしょうか。診断させずに診断書だけ書けなんて、何か悪事でも企んでいるんでしょうか」

ぱたん、と桐子がファイルを閉じる音。

「そうかもしれないし、そうじゃないかもしれない。ただ、何か隠している気はするな。そんな臭いがした」

桐子の言っていることは、神宮寺にも感覚的にわかった。この場合の臭いとは、比喩ではなく言葉通りの嗅覚である。

病気によって、体臭に微妙な変化が発生する人間は多い。それは診断の根拠になるほど確たるものではないが、経験によって気配程度は察知できるようになってくる。挙動の不審さに加え、溝口駿太からはどこか病人の香りがした。

「念のため、大きな病院で血液検査した方がいいかもね。本人に治療する気があるのなら」

「桐子先生、どうしてそれを言わなかったんですか」

「彼は怖いのは嫌だと言っていた。診察も望んでいなかった。僕は彼の意向に沿いたかったんだ」

銀色のラックに、桐子はファイルを収める。

「でも末期癌の告知じゃないんですよ。ほっとくと危険な病気の可能性もあるから、血液検査をしてくださいと伝えることを躊躇《ためら》う必要があるんでしょうか」

「ＱＯＬという言葉があるだろう」

「知らないとでもお思いですか」

ＱＯＬ――人生の質《クオリティ・オブ・ライフ》。医療は幸福を最大化するためにあるべき、という考え方において、使われる言葉である。

「怖がらせることで彼が不幸になるとしたら、つまり彼のＱＯＬが損なわれるとしたら、伝えるべきじゃない」

「QOLをそこまで拡大解釈するとは、相変わらずの死神っぷりですね。手遅れになって死んでもいい、そういうわけですか」

「彼がそういう死を望むならね」

神宮寺は黙って桐子を観察した。その声に、微かな震えを聞いて取ったからだった。

「……桐子先生。迷ってます？」

「ん？　いや、今はもう迷ってないよ」

「さっきまでは、迷ってたってことですか」

「まあ……少しね。無理にでも診察しようかとは、一瞬思った」

「桐子先生らしくないですね。いつもはもっと独断的でしょう」

「僕だって迷う時は迷うよ」

桐子は水を薬缶に汲み、コンロにかけた。

「そういえばあいつも言っていたな。患者と一緒に道に迷うことも大事だと」

「それ、もしかして音山先生ですか」

桐子は黙ったまま答えなかったが、間違いなくそうだろう。彼の背中が語っている。

しゅんしゅんと薬缶が噴き出す蒸気の中に、神宮寺はあの内科医の顔を思い出す。桐子の医療にその身を差し出した男。友に想いを託して逝った男。

痩せ衰えるまで傍にいたはずなのに、記憶の中で彼は太っちょのまま、笑っている。

†

溝口駿太は、桐子医院を出て階段を下りたところで座り込んでいた。何だかがっくり来てしまって、ちょっと休んだらそのまま動けなくなったのだ。

雑居ビルの玄関は薄暗い。集合ポストからはチラシが飛び出ていて、掃除する者もいないのだろう、床に醜く散らばっている。ひび割れたコンクリートの上に、泥が吹き溜まっていた。

はあと大きく息を吐く。

あの医者に言われたことが、ずっしりと心にのしかかっていた。

現実を見ないふりする方が好き、か。

それってつまり、逃げてるってことだよな。

駿太は黒いジャージの袖をそっとめくる。手首から肘側に数センチほどの位置に、赤黒い染みができている。それは斑点状で、斑点のいくつかは少しずつ大きくなり、繋がってアメーバのような形になっている。かすかに膨れ上がり、熱っぽい。痛みはないが、上唇にできたレーズン状の膨らみに似ていた。駿太は痣《あざ》だと思うようにしていたが、こんな痣がてきたことはこれまで一度もない。

ぶるっと震え、駿太は袖を戻し、視界からその斑点を消す。

わかってる。

駿太は一人心の中でそう呟く。

自分が逃げてるってのはわかってる。ちゃんと診断して貰う勇気も出ない、しかし笑い飛ばす度胸もない、中途半端な人間だってよくわかってる。わかっているけれど、しかし変えられない。

昔からずっとこうだ。

テストで悪い点数を取ったら、ゴミ箱に放り込んでいた。でも、それじゃダメなんだよな。点数を上げたかったら、反省して勉強するしかないんだ。捨てて見えなくしたところで、次も悪い点を取るだけ。

でも、しょうがないじゃないか。怖いんだから。

——駿太は弱虫だよ。

美穂にもそう言われた。

——心を入れ替えて、ちゃんとしてよ。

俺だって変われるものなら変わりたいさ。

駿太は折り曲げた膝を胸につけたまま、頭をかきむしった。手にヘアワックスが付着し、指同士がくっつきそうになる。それからぼうっと灰色の壁を見た。意図的に目の焦点をずらし、漠然と眺める。昔からよくやる癖だった。こうするとまるで自分が半透明の膜に包まれているような気分になり、落ち着くのだった。外界から駿太を守る、優しい膜。

灰色の壁に、カタツムリが一匹くっついている。ぐるぐる巻きの殻を重そうに背負って、不安げに触覚がこちらの様子を窺《うかが》っていた。

昔はよく、カタツムリみたいだって馬鹿にされたっけな。

かけっこが遅かっただけでなく、何かにつけて判断力が鈍かった。ドッジボールでもパスを貰《もら》った後どうしたらいいかわからないし、鬼ごっこでも二人が突然前に出てくると、どちらを追うべきかわからなくなって結局二人とも逃してしまう。のろのろしてるカタツムリそのものだって。

冗談じゃないぜ。

駿太はカタツムリを睨んで立ち上がった。コンクリートの床が擦れて、微かな音を立てる。

俺はこんなのろまな生き物じゃない。カタツムリなんか大嫌いだ。もっと強いもの、かっこいいもの、ライオンとか虎とかそういうものになりたかった。カタツムリなんか、踏み潰す側で生きていく。

そっと壁に歩み寄る。カタツムリは駿太の接近に気づいているのかいないのか、のろのろと這い回っている。哀れなほど弱々しい姿だった。駿太は腕を振り上げると、カタツムリを指で追った。抵抗らしい抵抗もなく、そいつは捕まった。必死に殻に閉じこもる醜い虫を、駿太はじろりと見つめる。

そしてそっと、ビル横の花壇に載せてやった。

駿太は足音を立てぬように数歩下がり、再びビルの入り口に腰を下ろす。カタツムリは殻に籠城したまま、ぴくりとも動かない。

これまで俺は努力してきたつもりだった。

古谷さんのような生まれながらの肉食獣ならいいが、俺のような人間は努力しなければならなかった。外見や言葉使いを変え、所属するグループを選び、時には無理をして夜遊びもした。簡単ではなかったが、効果はあった。

まず、俺をいじめる人間が減った。大人ですらも目線を逸らし、道を空けてくれるようになった。女の子にもモテるようになった。もちろん一番可愛い子は古谷さんたちの方に行ってしまうのだが、余った子が話しかけてくれるのだ。そこからデートにこぎつけたこともある。

バイト先でも一目置かれ、ばりばり仕事をこなしていた。新人の美穂が、いつの間にか自分と一緒のシフトを選んで入っていると気づいた時、にやにやが止まらなかった。迷いつつも直接確かめた時の美穂の表情を忘れられない。あいつはいたずらっぽく笑いながらも、頬を赤く染めていた。

「美穂ちゃん、ひょっとして俺のこと狙ってる？」

「だとしたら、どうします」

「つ……付き合っちゃう？」

「いいんじゃないですか」

ニコッと笑った美穂の白い歯は、たまらなく可愛かった。俺は努力の末に、美穂を勝ち取ったのだ。報われたと思った瞬間だった。

だけど、今はどうだ。

たった一人、灰色のビルに座り込んで、そばにいるのはこいつだけ。

駿太が横目で見る先では、カタツムリがようやくあたりを警戒しつつも触角を覗かせ始めている。長い時間をかけて全身を殻から出し、ぬらぬら変な汁を残しながら、這いずり始めた。

結局、俺は弱いままだ。すっかりライオンになったつもりでいたが、せいぜい殻を必死で装飾していただけで、中身はカタツムリのまま。病気について考えるだけで震え上がってしまう弱虫だ。美穂も俺の正体を看破したから、いなくなってしまったのだろう。

だけどよ。

駿太は俯き、視界が歪むのを感じた。

じゃあどうすりゃいいんだよ。どうしろって言うんだよ。

そりゃあ、強い奴らはいいさ。どんな現実を前にしてもひるまない、そういう奴はいいさ。だけど俺みたいな奴が、カタツムリに生まれついてしまった奴が、これ以上どうしたらいいんだよ。

「お前もさ、すっげえのろまだけどよ」

馬鹿らしいと思いながらも、駿太はカタツムリに話しかけた。

「それ、ちゃんと全力なんだろ？」

カタツムリが答えるわけもない。代わりに、相変わらず体をうねうねとくねらせながら、緑の葉の上をのたくっていた。

†

なんでもよく食べ、文句は言わない。味の違いがわからないわけではないが、こだわらない。あえて好きな食べ物を言うなら肉だが、それも焼いてあれば何でもいい。

そんな福原雅和が唯一〝これこそちょうどいい〟と思えるのが、このバーだった。住宅街の一角、知っていなければまず辿り着けない立地。十分な静けさ、しかし遠くから微かに伝わってくる鉄道の振動。間接照明はお洒落すぎず野暮すぎず、初老のバーテンの存在がちょうど背景に溶け込んで見える。比較的高くて硬い椅子も、具合が良い。いわば一時の止まり木として、福原の身体と五感に適切なつくりをしているのだった。

だから、店内に見知った顔を見つけても、福原はお気に入りの席……カウンターの端から二番目の席にまっすぐに進み、座った。この定位置から動く気はないし、この席が空いていなければ帰る。

「ウイスキー」

黙って頷くバーテンに、今日は注文を付けくわえた。

「臭い奴が飲みたい。ラフロイグ以外で」

ラガヴーリンと書かれたボトルを取り出すバーテンの背中を、焦点を合わせずに追いながら、胸ポケットの煙草箱に触れる。いきなり吸うのもつまらないと思い、爪の先で二回こすってから手を戻した。神宮寺千香が話しかけてきたのは、その時だった。

「ひどいじゃないですか、福原先生。無視ですか。私が奥に座ってるの、見えたでしょう」

「おう」

「おう、じゃありませんよ。隣、座りますね」

「おう」

好きにしろ。俺も好きにする。

やってきた神宮寺が、マティーニをこぼしかけながらカウンターに置くのをぼんやりと見つめる。その顔は、少し痩せたように思えた。

「お前って、今どこに行ったんだっけ」

「追い出したくせに、知らないんですか」

「俺が追い出したんじゃない。親父だよ」

「もっと興味持ってほしいですね。桐子医院ですよ」

「桐子医院？」

「桐子先生が開いた診療所です」

「……開業？　あいつ、そんな金あるの？」

「無認可で、設備も最低限。院内には滅菌器すらありませんよ」

福原はあんぐりと口を開けてから、溜め息をついた。もはやそれは開業ではなく、社会実験だ。

「客、来ないだろ」

「今のところ、一人だけですね。診療費は百円置いていきました」

「お前もよく、ついていったな」

「ほんと、自分でもそう思います。でも、福原先生も似たようなものなのでは？　病院では針のむしろでしょう。なんせ、王様を敵に回しちゃったわけですから」

神宮寺が片眉を上げる。

「ま、それもそうだな」

「今、何してるんですか」

「ＨＩＶ陽性の患者を診てるよ」

「えっ、福原先生が？　性感染症を？」

「経過は順調さ。無事に障害者手帳も出たし、ウイルス量は減り続けてる。ＣＤ４値も持ち直した。ま、たまにはこういうのも勉強になっていい……」

　よく我慢してますね、と呆れたような声が聞こえた。

　答えず、ウイスキーのグラスを口まで持っていく。濃いピートの香りと一緒に、花園に飛び込んだような気配が立ち上る。花壇に並べられた花ではない。花粉の気配や、茎の青臭さ。光を奪い合う、本来は獰猛《どうもう》な生物である草花たちの野性味に満ちた調和だ。はるかスコットランドの小さな湾で、重苦しいまでの高湿度によって踏み固められた長期熟成酒は、舌を燻《いぶ》すようであった。酒の静かな主張と自分を重ねあわせながら、福原は呟く。

「どうせ、親父はすぐに死ぬよ。それまで辛抱すればいい」

「待てるんですか？」

「ああ。そして、次の王様は俺だ」

　実際、楽観視していた。確かに手術も仕事も取り上げられ、形だけの副院長として放置されているのは腹立たしいが、それだけだ。そんなことで音を上げるような安いプライドで医者をやってはいない。

「さすがにタフですね」

「結局、どうあがこうが、俺が奴の子供である事実は変えられないのさ」

葬式の喪主も、家と墓を守る人間も、俺以外にはいない。奴が人生の尻ぬぐいを任せられるのは、俺だけなのだ。

「今、院長に追従している有象無象は、院長が死ねば途端に団結を失うよ。軸を求めてふらふらさまよった挙句、俺を必要とする、必ず。俺には実力も、家柄も、カリスマ性もあるから」

虚勢なく、福原は言い切った。

「院長が親として福原先生を縛っているように、福原先生も子として院長を縛っていると？」

「あいつがどんなに俺を疎んでも、遠ざけたくても、血がそれを許さない。失望しようが、嫌悪しようが、俺の中には奴がいる」

福原にとって、血縁の鎖は信頼に足るものだった。実際、これまでの人生で福原は何度も父の存在を消し去りたいと思ってきたのだ。あんな奴は父親じゃない。父親として認めない。

だが、そう思えば思うほど、断ち切れない。どこに行っても、誰と話していても、影のようについてくる。七十字病院長の息子――人は福原の背後に、父を見ていた。ならば、利用するまで。福原が父の影から逃れられなかったように、父もまた福原に影を使われるのを妨げる術はない。

「男の世界の話はよくわかりませんけど、まあ好きに親子喧嘩してください。私には関係ないんで」

神宮寺は目を伏せて溜め息をついた。

福原はおう、とだけ返してウイスキーを舐める。

元よりこの戦いは、親父と俺の戦いだ。誰が入る余地もない。

「そうだ、福原先生。一つ質問していいですか」

「何だよ」

「病院を怖がる患者って、どう思います？」

「ん？　大抵の患者がそうだろ。好きな奴の方が珍しい」

「嫌な結果が出るのが怖くて、健康診断に来ないとか、そういう方です」

「現実から逃げようとする人たちか」

鼻で笑いながら、福原は付け合わせのホースジャーキーに手を伸ばした。

「その、桐子医院に百円置いていった奴が、そうだったりするのか？」

「まあそうです」

「個人的には嫌いだな」

カウンターの空気が重く凍り付く。

「生きることは本来戦いだ。戦う意思も持たず、ただ与えられる生を漫然と、あるいは逃げながら過ごすような奴に、生きる価値はない」

福原の脳裏にちらつく影があった。

生きたい。そう言った数多《あまた》の患者たち。手術の恐怖と闘った小学生。リスクを承知で骨髄移植を行った男性。抗がん剤の副作用と闘った老人。全員が報われたわけではない。闘った果てに、敗れた者がいた。何人も、何人もいた。だからこそ闘いもせずに己の不幸を嘆くような人間を、福原は好きにはなれない。

「そういう奴に、生は味わえないんだ。勝利はもちろん、敗北すら得る権利がない。そいつは生きてなどいない。死んでないだけだ」

勝利した人間の顔はよく覚えている。家族や友人に囲まれて、まばゆいほどの笑顔を浮かべているものだ。

敗れた人間の顔も、やはり覚えている。印象的なのは、目だ。何かを託すような目で、受け入れたような目で、うつろな目で……それぞれの目で、黙ってこちらを見ている。先に逝く覚悟、未練、言葉で語れぬあらゆるものが、その目に宿る。

彼らはみな、生きた。妙な言い方だが、死ぬほど生きたのだ。

「ずいぶんな言葉ですね。では、闘おうとしない人間は、そのまま野垂れ死にすればいいと？　病院は闘う意志のある患者を診るだけで、手一杯だと？」

「ああ。綺麗な野垂れ死にが一番だな」

「綺麗な、というのは……」

「他人に迷惑をかけないってことだよ。ＨＩＶをまき散らす患者なんかは、最悪だ。治療すればいいのに、しない。人がどうなろうと知ったことじゃないとばかりノースキンでセックスし続ける、行きずりの相手とな。自分の病気とも他人の未来とも、向き合おうとせずに。屑野郎が」

　せめて一人で死んでいけばいいものを。軽蔑をたっぷり含んだ声で、福原は吐き捨てた。

「患者に厳しいんですね。福原先生は」

「屑に対してはな。生きる気がない奴は死ねと心から思ってるよ」

　かちり、と音を立てて福原はライターを点火した。二人の前を紫煙が流れる。

「はあ。どれくらいの比率なんですか。福原先生が死ねと思う相手は」

「……わからない。案外いない。直接会ったことは一度もないんだ」

「え？」

「ま、そういう奴は俺と出会うような運命にないのかもしれないが」

灰皿で煙草を叩き、また口に持っていく。

「逃避癖の抜けない人間でも、心の底では闘いたいと思っている。小さいかもしれないが、弱いかもしれないが、勇気は必ずだれもが持っている。だからそれを探し出して、俺が背を押してやれば、元気づけてやれば、勇気を振り絞って闘おうとするものだ」

「……なるほど。では、結局福原先生は力を貸すわけですか」

「闘う気になっている患者は、誰であれ全力で助ける。それが俺の仕事だ」

「個人的には嫌いと言いながら、全力で助けると。福原先生は優しいのか厳しいのかよくわかりませんね。桐子先生は全く別のことを言ってましたよ」

「おい、あいつと俺を比較するのはよせ」

「桐子先生は、患者が野垂れ死にを望むのなら、自由にさせてやるべきだそうです。それも相手の人生を尊重するうちに入ると。あの人の中では、勝ちも負けもないのかもしれませんね」

虫唾《むしず》が走る。福原は顔をしかめた。

「相変わらずふざけたことを。それは諦めに加担してるだけだ。性質《たち》が悪い。闘いもさせずに負けさせるなんて」

「もう一つ、聞いてもいいですか？」

「何だよ。まだあるのか」

「音山先生はどっちなんですか。彼は病気に勝ったんでしょうか、それとも負けたんでしょうか」

嫌な質問をする女だ。

癌でありながら癌の根治を目指さず、ただ発話能力の維持だけを目的にした手術は、福原の信条とは反するものであった。だが、あのときはただ友のため、音山という人間のため、福原はメスを持ったのだ。それが正しかったのか、過ちだったのか、勝利と呼んでいいのかはたまた敗北と呼ぶべきなのか、未だに答えはわからなかった。

俺の中に潜む弱さか、あるいは頑なさか。とにかく音山は何かを浮き彫りにして、去って行った。あいつを想うたびに己と向かい合わされているような気分になる。

掌で顔面を覆い、闇の中で福原はしばらく沈黙した。

音山の顔は、記憶の中でいつも同じだ。笑顔を浮かべているくせに――何かを託す目でこちらを見ている。

†

「……こんちわっす」

駿太がいつものように裏口からバーに入り、更衣室兼休憩室に向かうと、古谷が椅子に座って待っていた。

「お、来たか」

「……何ですか」

駿太が思わず後ずさったのも無理はない。古谷の目はぎらぎらと光り、普段とは明らかに雰囲気が違う。微笑みを絶やさずに、しかし大股でこちらに近づいてくる。背後で別の男が、扉を閉めた。

「指出せ」

有無を言わさぬ声。困惑していると、乱暴に腕を掴まれた。

「何ですか、やめてくださいよ」

「うるせえよ。お前、俺のこと舐めてんだろ？」

古谷はゴム手袋を二重にはめている。抵抗したが、二人がかりで押さえつけられた。

「何が診断書は書いてもらえませんでした、だよ。そんなわけあるか。お前、医者に行かなかったな」

「行きましたよ！　本当に行ったんですって！」

はなから話し合う気はないようだった。喚《わめ》く駿太をよそに、古谷は「えーと。これか」などと独り言を口にしながら、手元の箱から、パック寿司の醤油入れのような器具を取り出した。駿太は目を見開いた。

あの箱、見覚えがある。美穂が置いていった、ＨＩＶ検査キット……。

「こいつを指に当てると、針が出るんだな」

「や、やめろ！　やめろ！」

駿太は叫んだが、古谷は一切の躊躇なく、押さえつけた駿太の親指にスポイト型の器具を押し付ける。ピンク色の先端からカチリという音がすると同時に、鋭い痛みが走った。

「いって……」

見ると、親指の先から大きな血玉が浮き出している。

「おい」

古谷に顎で示され、もう一人の男が駆け寄った。こちらも両手にゴム手袋をしている。まるで駿太を病原菌のように扱っている。男は検査シートと書かれた白い紙を取って血玉に当てると、慎重にビニール袋に仕舞いこんだ。

「これを送り返せば一週間後に結果が出るんだな。よし駿太、お前はもう帰れ」

「えっ？」

「結果が出るまで来なくていいよ。一週間分の給与と、検査キットの代金はこっちで引いとくから。ほらよ、貼っとけ」

まるでゴミでも放るように、古谷は絆創膏を駿太の傍らに落とした。

「いや、でも、俺」

「帰れってのが聞こえねーのかよ！」

横から男が声を荒らげた。見覚えのある顔だ。古谷が不良だったころの友達だろう。

「そんな、困りますよ。生活費が」

「知らねえよ、そんなこと。あ、お前あんまりその辺にさわんなよ。ウィルスがついたら損害賠償請求するぞ。じゃあな」

「ほら、さっさと出てけよ」

虫に対する扱いと同じだった。古谷と男は、手で駿太を押しのけることすらしなかった。箒と便所掃除用の吸盤で代わる代わる尻や背を叩き、バーから駿太を追い出した。

ちくしょう。

駿太は扉に向かって毒づいたが、どうすることもできず、とぼとぼと同じ道を通って家に戻った。

†

「美穂。ちょっと話がある」

家に帰ると珍しく父が先に帰宅していて、母親の「お帰り」よりも早く、開封済みの封書をこちらに突きつけた。そこそこ手応えのあった面接の余韻が、吹っ飛んでしまう。

「……何？」

「いいから。見ろ」

渡された封筒を取り、裏側を見て、はっと息を呑んだ。

「駿太……」

差出人は溝口駿太。彼らしい汚い丸字で、かつて同棲していたアパートの住所が書かれている。

「お前、彼とは切れたんじゃなかったか」

「別れたよ」

「悪いとは思ったが、中は検めさせてもらった」

父が掲げた便箋は、ほとんどメモ帳のような紙だった。

「どうも、何か勘違いしているようだぞ。お前がどんな形で彼に別れを告げたかは知らないが、変に期待を持たせるようなやり方はしちゃいかんぞ」

「し、してない。連絡も取ってないもの」

父の後ろでは、母が心配そうにこちらを見ている。

「そうか……」

「もう一度、ちゃんと言おうか。うちに手紙とかも送らないでって」

「いや、やめておけ。連絡を取ると、余計に誤解を生むかもしれん。無視しろ」

「……わかった」

父から手紙を受け取り、呆然とそれを見る。

「美穂、何か困ったことがあれば言うんだぞ。父さんと母さんは、いつでもお前の味方だからな」

「うん。ありがとう」

靴を脱ぎ、廊下に上がる。ご飯できてるよ、と言う母に後でと返し、黙って階段を上った。自分の部屋に入り、ジャケットをハンガーにかけると、ベッドの上に体を放り出した。

広げた便箋には、駿太の丸字が並んでいた。しばらくぶりに彼の文字を見た。相変わらず女の子みたいな字。本人は男らしく振る舞いたいようだったが、こういうギャップがあちこちで見つかる人間だった。

居酒屋のロゴが大きくプリントされたエプロンをつけて、伝票に字を書いていた駿太の姿が脳裏に浮かぶ。男の先輩の前では調子がよく、女の子の前ではカッコつけてばかりいた。

私も、何度か掃除を手伝ってもらったっけ。

駿太は好みのタイプの女の子が掃除する時だけ手伝う、というのはバイトの中では有名な話だった。だから彼と付き合うと決めた時、バイト仲間もみんな心配したものだ。裏表がある男だから、気をつけろと。ある男性からは、俺も美穂ちゃんの掃除手伝ったのに、あんなチャラい奴を選ぶのかよって言われたりもした。

でも私は、別に掃除がきっかけで好きになったわけじゃない。

「こいつらだって一所懸命生きてんだからよ、そんな風にいじめんなよ」

今でも、駿太のあの言葉をありありと思い出せる。

風通しが悪く、汚れた食器が積まれた洗い場には、よくカタツムリが現れた。黒カビまみれの壁を、ぬらぬらと這うカタツムリはいかにも不潔で、女の子たちは箒で叩いて追い出し、男の子たちは踏んづけて殻を割って遊んでいた。その光景に微かな胸の痛みを感じながらも、美穂はただ傍観するのが常であった。

だけど駿太だけは、カタツムリをそっとつまみ、外のアジサイに載せてやるのだった。

「駿太、お前虫とか好きなのかよ？　気持ち悪くね？」

「別に好きじゃないけどよ、潰したって掃除が面倒なだけだろ」

「ちょっと駿太君、手洗ってから伝票触ってよね」

「わかってるっての」

誰に何を言われても、あるいは誰も見ていなくても、駿太は必ずそうするのだ。そして、時折小窓からカタツムリが這って行くのを、優しそうな目で見ている。

そんなところが、いいと思った。見かけで勘違いされがちだが、本当は穏やかで優しい人だと思った。気が付いたら、彼のことが気になっていた。

ダメな奴がちょっと良いことをすると、何倍も魅力的に感じるという典型例だったのかもしれないが。はあ、と溜め息をついて手紙を読んだ。

美穂へ
いい加減スネんのやめて、帰ってこいよ。俺はもう怒ってないんだ、本当だよ。それに俺、結構モテるんだぜ。放っておくと、すぐ新しい彼女できちゃうと思うけど、それでいいの？　お前さえその気になってくれれば、俺は仲直りするつもりだから。次の休みで、温泉でも行かないか。気分を変えて、もう一度付き合い初めの頃の気持ち、思い出そうよ。あと悪いんだけど、ちょっと今お金がなくて予約とかできないんだ。温泉の手配は、任せていいかな。じゃあ、会えるの楽しみにしてるよ。

駿太より

何というか、上から目線だとしても、もう少し上手に書けないものだろうか。美穂はうんざりした気分で便箋を丸め、部屋の隅に放り投げた。丸字たちは、一緒くたになって円筒状のゴミ箱に落ちた。
ぼんやりと天井を仰ぎ見る。
お金がないと書かれていた。駿太は困っているんだろうか……。

起き上がり、首をぶんぶんと振って考えを払いのけた。ダメ。同情しちゃ、ダメ。私が優しくしたら、また元通りになってしまう。ずるずる元サヤに収まって、駿太はもっと調子に乗ってしまう。

結局私も、最終的には駿太も、不幸になるだけだ。

美穂は音楽プレーヤーのスイッチを入れ、明るいＪＰＯＰを部屋に流した。少しでも気分を変えたかった。

謝ってくれればいいのに。心の底から反省してごめんと言ってくれれば、変に強がったりするのをやめて、ただ昔の駿太に戻ってくれれば。

私、すぐに駿太の元に戻るのに。

賑やかな曲調の中、美穂は項垂《うなだ》れて拳を握っていた。

悲しかった。

出会った当時の駿太はもう少し穏やかで、優しい男だった。今は違う。特にあのバーで働き始めてから、どんどん良くない方に行ってしまったように思う。

もう、あの駿太は戻ってこないんだね。ここまでしてもダメってことは、そういうことだよね。

好きだった駿太はもういない。それがたまらなく、切なかった。

†

終わりだ。

駿太はパソコンを前に、凍り付いていた。

画面には無機質に活字が並んでいる。ニュースサイトと同じくらい、淡々とつまらなそうに並んでいる。

検査結果通知。検査項目、ＨＩＶ《エイズウイルス》。判定結果、陽性（＋）。感染の疑いがありますので最寄りの医療機関を受診してください。

何度見直しても、間違いなかった。併記されている名前も、生年月日も、自分のもの。溝口駿太。ＨＩＶ陽性。隣り合った二つの言葉が、実に奇妙な組み合わせに思えた。

「もう来なくていいよ。というか、来るな」

古谷さんからのメールには、そう一言付記されているばかり。

もう何もかも終わりだ……。

不気味な確信が、地の底から這いあがってくる。現実味なんてものは微塵もなかった。代わりに、頭の中で過去の光景が鮮やかに蘇《よみがえ》る。この感覚には、前にも覚えがある。挫折の記憶だ。

その日、駿太は一生懸命、背伸びをして前の様子を窺っていた。廊下には学生服の人だかりができていて、掲示板に補習テストの結果が貼り出されている。

「おっしゃー！」「ギリセーフ！」

ガッツポーズの生徒。ハイタッチをしている生徒。いつも自分より成績が悪い奴も「今回はあぶねーかと思った」とニヤニヤ笑っていた。だから不安を心のどこかに置きつつも、軽い気持ちで紙を見た。

補習テスト合格者一覧。

名前を順番に目で追っていく。上から成績順に並べられているのだろう、アイウエオ順ではなかった。半分くらいまで来たが、ない。冷や汗が流れ始める。最後まで見たが、なかった。見落としたのかもしれない。もう一度上から見直していく。ない。先生のミスだろうか。

「溝口、補習お疲れ！　あー、これで無罪放免だな、マック行こうぜ」

友達が話しかけてきた。薄ら笑いを浮かべて頷く。自分の名前がないなどとはとても言えなかった。

ファストフードとカラオケをはしごした夕方、駿太は一人学校へと戻った。暗い廊下を歩いて職員室に行き、掲示板に名前がないと先生に言った。先生は分厚い眼鏡の奥から冷たい瞳を覗かせて「不合格だったよ」と告げ、後日両親を連れて来るように、と言った後は目もくれなかった。

頭がいい奴は、悪い点を取ったら反省して勉強する。だから次から成績が上がる。俺は答案をゴミ箱に突っ込み続けて、そして……。

留年が決まった。

友達も、知り合いも、みなが当たり前のように高校二年生になるというのに、自分一人だけがそっちに「行けない」。自分は不合格なのだ、もう同じ道は歩けないのだ、仲間だと思っていた人々から切り離され、たった一人落伍する。

それ自体も辛かったし、それを両親に告げることも辛かった。今は高校二年生だっけ、と親戚に聞かれて訂正するのも辛かったし、学年がずれてしまった友達と通学路で顔を合わせるのも辛かった。目が合っても、相手は気まずそうに、あるいは軽蔑するように視線を逸らすだけ。新しい同級生たちからは、よそ者扱い。両親は息子に出来損ないの烙印《らくいん》を押し、関係は冷え切った。

留年したんです、と言うたびに自分自身に「不良品」とラベルを貼っているような気がした。誰かに会うたび、ラベルは増え、分厚く硬く積み重なっていく。それはもはや殻だった。やがて自分よりも重くなった殻を背負い、駿太はどうにも身動きが取れなくなっていった……。

あの時と同じだ。内容や重みは違っても、そっくりだ。

エイズという殻を、これから背負って生きるのだ。

身体が細かく震える。パソコンに向き合ったまま、涙が溢《あふ》れてきた。よろよろと立ち上がるが足に力が入らない。続いている微熱のためか、ショックのためか、どちらだろう。

壁を伝うようにして洗面所に入り、蛇口を回して流れ出る水を眺めた。手ですくって顔を拭い、鏡を見る。情けない自分の顔が映っていた。

歯を食いしばり、ゆっくり拳を振りかぶると、洗面所に並んでいる物品を勢いよくまき散らした。歯磨き粉。歯ブラシ。コップ。鼻毛切りハサミ。カミソリ。ヘアワックス。けたたましい音を立てて、それらが散乱する。化粧水の瓶が風呂桶に当たって割れた。アロマの香りが充満する。

こんなもん、もう何の意味もない。

割れて半分になった瓶を蹴り飛ばす。

俺は死ぬんだ。もう長くないんだ。美容院に行ったって、ブリーチしたって、ワックスつけたって、何にもならない。

俺の人生、一体なんだったんだ？　こんなところで一人ぼっちで死んで、それで終わりかよ？

ガラスで切ったのか、くるぶしの上あたりから血が出ている。この血にエイズウイルスが混ざっているのだと思うと、やけに禍々《まがまが》しく思えて、吐き気を催した。何度か便器の前でえずいてから、口元を拭う。

俺の周りには誰もいない。

誰も心配してくれないし、誰もそばにいてくれない。

親とはずっと前に大喧嘩して以来、連絡も取ってない。俺のことなんてもう、忘れているだろう。俺なんかより出来のいい、兄貴がいるのだから。

古谷さんはにべもなく俺を切った。エイズのバーテンが作った酒、飲みたいかよ。冷たい冷たい言葉が、鮮やかに思い出される。ずっと一緒につるんできたのに、夜遊びだってナンパだって付き合ったのに、パシリだって何だってやってきたのに、こんなものなのかよ。自分を憧れてファッションまで真似してきた男に、こんな仕打ちができるか、普通。ひどすぎるだろ。

自分で自分が哀れすぎて、ぼろぼろ涙がこぼれてきた。水滴は便器の中に落ち、ゆっくりと中心に向かって流れていく。

女友達も、連絡が取れない。古谷さんに聞いたのか、それとも前から俺なんかに興味はなかったのか。セクシーパブのりさちゃんにまでダメ元で連絡したが、メッセンジャーアプリの中で既読と表示されたまま、凍り付いたように返信がない。

誰にも相談できないし、誰にも頼れない。どうしたらいいか、この期に及んで未だに決められない。

俺には何にもない。

誇れるもの一つない、積み上げたもの一つない。違うんだ。必死に積み上げたつもりだったんだ。だけど、中を覗いたら空っぽだったんだ！

駿太は嗚咽すると、口の中にせり上がってきたものを吐き出した。酸っぱい胃液だった。はあはあと呼吸しながら、目をしばたたかせる。

美穂もいなくなった。

悲しみを通り越して、だんだんおかしくなってきた。

そりゃそうだよな。俺みたいな奴のそばに、いたくないよな。俺が女でも願い下げだ。こんな見かけだけ取り繕って中身のない奴、冗談じゃねえよ。

ふ、ふふふ。鼻息を吹き出しながら笑うと、歯がかちかちと鳴った。

くだらねえ。

俺もくだらなければ、この世界もくだらねえ。何てつまらない世界なんだ。何の意味もない。全てが馬鹿馬鹿しい。

仕事は首になったが、それが何だ？　どうでもいいじゃないか。どうせ死ぬのに働く意味なんてない。金を貯めて何に使うんだ。腹が減ったな。だけど、飯を食ってどうするんだ？　栄養とって何か意味あるか？　いっそ今死んだ方が楽じゃないか。華々しくさ、ばーんと爆発でもしてさ。

何だこりゃ。

おかしくておかしくて仕方なくて、駿太は笑った。割れたガラスや散らばった品々の中で、笑い続けた。

リビングに戻ると、つけっぱなしのパソコンがまだ点灯している。その無機質な光に、美穂の残していった植木鉢が照らされていた。

観葉植物はすっかりしおれ、先端が腐り始めていた。

†

「うん、経過は順調ですね」

福原はディスプレイを眺め、まるで子供のように満面の笑みを浮かべた。

「美穂さんがきちんと薬を飲んだ結果ですよ。予想通りではありますが、こうも綺麗にウイルスが減っていくと、私も本当に嬉しいですよ」

「良かった……」

美穂もほっと息を吐く。この頃には福原の印象が変わってきていた。頼もしくも厳しい人間というイメージだったが、とても親身になってくれる。彼の強さは意識して身に纏っているもの、かもしれないと思った。

「どうですか、いいお仕事は見つかりそうですか」

「はい、お陰様で。小さな会社ですが、事務職として雇ってもらえることになりました」

「良かったです。もし上司なんかに病気について説明したいということがあれば、私を呼んでくださいね」

「ありがとうございます」

ふと、美穂は黙り込み、膝の上で拳をぎゅっと握った。病気について説明して欲しい人は、別にいる。

「他には大丈夫ですか。何か心配事とか、不安な点とかはないですか」

美穂は迷った。こんなことをお医者さんに言っていいものだろうか。自分で解決すべき問題ではないか。

「何でもいいですよ。遠慮なく、言ってください」

福原はにこっと笑ってこちらを見ている。いつも診察時は猫背気味なのも、私の背丈に合わせてくれているからだと、最近気づいた。この先生なら、言えるかもしれない。

「元彼が」

そこで一度噛んでしまい、いったん口を閉じてからもう一度開く。

「私の元彼が、ＨＩＶに感染しているはずなんです。でも、おそらく医者に行ってないんです。ずっと」

「なるほど」

福原の表情が一瞬曇った。

「失礼ですが、元彼？　ですか」

「元彼です。もう別れました。その……だから、私からは連絡を取りたくないんです。でも、ちゃんとＨＩＶについて知って欲しくて」

我ながら自分勝手な話だと思う。

「美穂さんが別れる前に、ＨＩＶだとわかったんですか？」

「そうです。彼にも言いました、検査キットも渡しました」

「なら、それ以上心配する必要はないと思いますけどね。美穂さんは十分義理は果たしたでしょう」

「そんな、でも」

「立ち入ったことを聞くようですが、復縁するつもりがおありということですか？」

鋭い目を向けられて、美穂は一瞬ひるむ。それからゆっくりと首を横に振った。

「いいえ。私はこれ以上無理だし、それに私じゃやっぱり、ダメだと思うんです。私、駿太を甘やかしてばかりだった。駿太がどんどん変な方に行っちゃったの、私のせいだと最近は思うんですよ。私が何度でも許したから、何でも受け入れてきちゃったから、だから駿太が勘違いしちゃった。でも、どうすることもできなかった。私たち、一緒にいるとダメになる、二人ともダメになる組み合わせだったんですよ。だからこんな病気にもなってしまった」

何を言ってるんだろう、私。こんなこと先生に言っても仕方ないのに。項垂れる美穂に、福原が声をかける。

「復縁するつもりがないなら、別に……」

「でも、駿太は本当はいい人なんです」

美穂は顔を上げた。

「組み合わせが悪かっただけで、彼には幸せになって欲しいとまだ、思ってます。駿太はこのまま、ＨＩＶで死んじゃってもいいような、そういう人じゃありません」

悲痛な表情をしているのが、美穂は自分でもわかった。福原がこちらを見つめ、難しい顔をして考え込んでいる。

「病院に来る、検査を受けるという、最初の一歩を踏み出さない人にこちらからできることは少ないんですがね」

「でも。このままじゃ、駿太が……」

「わかりました。いいでしょう」

福原は頷いた。

「私から彼に連絡を取ってみましょう。そこで、病気について説明してみます。あ、普通医者はこういうことはしませんからね。ただ私は今時間に余裕があるもので」

医者の笑顔を見て、胸の奥がふっと緩み、温かいものが広がった。美穂は心底安堵していた。ずっとずっと、それが気になっていたのだ。

「あ……ありがとうございます、先生」

「いいえ。それに、心配事があるとよくありません。美穂さんも、新しい生活を営み始めているのですから」

「はい」

そう答えるのが精一杯だった。

「この件は、私に任せてください。美穂さんは自分の体を一番心配してくださいね」

「はい」

ほっとするあまり、温かいものが目から溢れてきそうで、美穂は必死にこらえた。何て優しい先生だろう。私も先生の想いに応えなきゃ。

美穂は携帯電話を取り出すと、アドレス帳を表示させる。駿太の連絡先を、福原はメモに取った。間違いがないか互いに確認してから、アドレス帳を閉じる。画面はふっと変わり、ホーム画面に戻った。

心にずっと食い込んで外れなかった重い錨が、ようやく離れて過去という波間に消えていった気がした。

「では、今日の診察は終わりです。また来月来てくださいね。頑張っていきましょう。私はずっと味方ですよ」

いつもと同じように元気づけてくれる福原の目を見る。きらきらと光る瞳。そして美穂は深々と頭を下げた。

「はい。これからもよろしくお願いします」

今度、髪でも切ろうか。自然とそう思えた。

†

机の上のコンビニ弁当に蠅《はえ》がたかっている。ほとんどが食べ残しだ。食欲がない。パッケージ越しにおかずが見える。白身魚のフライ、鶏の唐揚げ、コロッケ。たっぷりかかったマヨネーズ。透明な蓋は、脂でてらてらと光っていた。床にはビールの空き缶が転がり、放り出されたレトルトパウチの袋が、口から黄土色の粘液を垂らしている。安物のカレーの臭い。

片付ける気力もなく、駿太は部屋の隅で呆然と座っていた。

玄関と直結しているポストに、紙束が乱暴にねじ込まれるのが見えた。その直下にも無数の紙が散らばっている。マンションの宣伝、電気や水道の料金お知らせ……デリヘルのチラシ。ああ、セックスしたい。

俺はここでひっそりと死んでいくのだろうか。誰も俺のことなど気に留めていない。みんな俺を見捨てていった。俺に生きる価値などないってことか。

相変わらず重い体を引きずってふらふらと洗面所に向かう。汗くさいシャツを脱ぎ捨ててふと鏡を見て、駿太は金切り声を上げた。

何だよこれ。何なんだよこれ。

墨汁を背中にぶちまけられたように、赤黒い模様が広がっている。それはもはや斑点ですらなかった。正常な肌色の方が、隅に追いやられていた。

化け物。

異様な外見に、反射的に嫌悪を引き起こされる。自分は少しずつ人間ではなくなっている。人間ではないものと出会ったら、逃げるなり戦うなりすればいい。だが、自分自身が人間でなくなったのなら、どうしたらいいんだ？

もし駿太に病院に行く勇気があったなら、もっと早くこの病変――カポジ肉腫は発見されていたかもしれない。

ヒトヘルペスウイルス八型によって引き起こされる腫瘍《しゅよう》性の病変。皮膚に癌が生まれるようなものである。厄介なことに背中や腕だけではなく、どこにでもできる。体の内側、肺や腸やリンパ節にまでぼこぼこの肉腫が無数に生まれ、悪化すると出血や痛みを伴う。最近下痢や血便が続いているのもこれが原因だ。直腸や大腸に肉腫ができたのだろうが、もちろん駿太は知るよしもない。

ＡＩＤＳによって免疫力を失った人体は、栄養たっぷりの苗床だ。腐葉土の上に植物が生えるように、小動物の死体に虫がたかるように。駿太の肉体は食い荒らされる。ウイルスに、細菌に、カビに。そして別の存在として、再構成されていくのだ。これは自然の摂理でもある。

己がなくなっていく。己が消えていく。病名も機序も駿太は知らなかったが、それだけは本能的に理解した。

駿太は絶叫した。

バスルームが震えるほど、獣のように叫び続けた。

気迫で消えるほど、ウイルスは生ぬるい存在ではない。この一秒一秒にも、駿太の体は静かに蝕《むしば》まれている。それでも駿太は頭を抱え、叫び続けた。

どれほどの時間が過ぎただろう。

外からは新聞配達のバイクが行きかう音が聞こえる。平和そのものの日常が続いている。ずっと前に蹴とばした植木鉢から落ちた土に、小さな茸《きのこ》が生えている。コンビニ弁当に蠅がたかっている。自然の摂理は何も特別なことではなく、駿太が病気になる前から、病気になった後も、変わらずあちこちで進行している。永遠に。

「助けてくれ……」

ウィスキーの瓶を呷《あお》る。思考を滅茶苦茶にしてしまわないと、現実に自分が押し潰され、砕け散りそうだった。だが、中には数滴しか残っていない。

「助けてくれえ……」

残されたわずかな金を数え、駿太はよろめくように外へと歩き出した。部屋に鍵すらかけなかった。

†

薬局で薬を受け取り、美穂は機嫌よく歩き出す。いい天気だった。

ウィルス量がかなり減ったおかげか、最近は体調もいい。ＨＩＶに感染する前より元気かもしれない。短くした髪のおかげもあってか、身体は軽く感じられた。

横断歩道を渡っていると、突然知った顔に出くわした。

「う、臼井君」

「美穂ちゃん……？」

大学の同級生の臼井紘一《こういち》が、目を丸くしてスーツ姿で立っていた。

「今日、土曜なのに、仕事だったの？」

臼井は海苔を三角形に切って貼り付けたような眉を寄せ、照れくさそうにはにかむと、頭をかいた。

「ちょっと、週末にトラブっちゃって。お客さんに謝って来たんだよ」

その白い肌には汗がにじんでいた。余程急いで出かけたのか、それとも冷や汗か。大学時代、ラケットを持ってスポーツドリンクを飲んでいた彼の姿を思い出す。

「大変だったね」

「仕方ないよ。俺も昔、上司に助けてもらったしさ。今度は俺が部下を助けないと」

さらりとそう言ってのける臼井。学生の頃と顔や体格は変わらないのに、彼はずいぶん頼もしくなった。

「美穂ちゃんは散歩か何か？　俺、もう終わったから、ちょっとお茶でもどう」

暑いのだろう。胸元を広げて掌で煽《あお》ぎながら、臼井が角の喫茶店を指さした。

「久しぶりだよね。どう、最近？」

まずお冷やを一気に飲み干して、臼井が聞いた。美穂は首を横に振り、レモネードをストローでちゅっと吸う。

「ぼちぼちかな。臼井君は？」

臼井は白い歯を見せて笑う。

「うん、元気でやってるよ」

運ばれてきた苺《いちご》ジュースに口もつけず、臼井が美穂をじっと見つめている。

「……髪型変えた？」

「え、今頃気づいたの？　そうだよ。ついこないだ切ったの」

「やっぱりか。何か違うと思ったんだけどさ」

「臼井君だって、今日はちょっと髪の分け目違うじゃん」

「これはあれだよ。汗でずれただけだよ。いや、お客さんほんと怖い人でさ。圧力が半端ないから、相対してるだけでものっ凄い汗出ちゃうんだよね」

「臼井君って試合の時もすごい汗かいてたよね」

「だって、怖いんだもん。相手が」

「だけど、試合始まる前から汗だくなの、臼井君だけだったよ」

「俺、今でもプレゼン前はそうなんだよ。だからほら、替えのシャツ常備」

おどけた調子で臼井が鞄を開く。きちんと畳まれて収められている衣類を見て、美穂は懐かしく思う。同じ表情で、学生食堂でスポーツバッグを開いてみせた臼井の姿が、ありありと蘇る。

「昔と変わらないね、臼井君は」

「美穂ちゃんこそ」

「私は……」

昔とだいぶ変わった。

口ごもった美穂の脇、鞄から薬の袋が飛び出しているのに気が付いて、臼井が何気なく聞いた。

「どうしたの。なんか病気？」

「いや、これは……」

しばらく美穂は考え込んだ。ＨＩＶのこと。彼氏と別れたこと。近況について知っているのは、両親だけだ。女友達にも言っていない。いや、言えない。どんな反応をされるか考えるだけでも、恐ろしい。

「ちょっとその、持病があってね。常備薬」

うまいこと曖昧にして、誤魔化そう。美穂は作り笑いをする。

「ふうん、そうなんだ。お大事にね」

美穂の祈りが通じたのか、臼井はさらっと流してくれた。だが、しばらく会話は止まった。臼井が苺ジュースをすする音と、スローテンポのジャズだけが続いていた。

「あれからテニス、してる？」

「ほとんどしてないなあ。社員旅行の時くらいだね」

しばらく当たり障りのない思い出話や、友達の噂話などをする。何となく再会を祝し合ったような形を取り繕い、そろそろ席を立とうとした頃だった。

「……美穂ちゃん」

「ん？」

臼井はしばらく逡巡《しゅんじゅん》したのち、意を決した様子で言った。

「ごめん。本当はさっき、見えちゃったんだ。それ、スタリビルドでしょ」

美穂は凍り付く。ほとんどコップを取り落としそうなほどだった。

「俺、医療機器の営業もしてるからさ。それがどういう薬かくらいはわかるんだよ」

泣き出しそうになるのを、美穂は顔に皺を寄せて必死に耐えた。知られたくなかった。後ろめたい過去、あるいは許されざる罪を、白日の下に曝されたような気持ちだった。

「……ごめん。私、帰る……」

壁を感じて傷つくよりは、早くここから立ち去りたかった。席を立ちかけて、ふと思いついて振り返る。誰にも言わないで、と釘をさそうとした時だった。

「待ってよ！」

臼井が目の前にいて、美穂の両肩を掴んだ。真剣な目をしていた。

「俺たち、友達じゃないか。同期じゃないか」

「臼井君……」

「病気になったくらいで、何壁作ってんだよ、なあ」

はっと息を呑んだ。

泣き出しそうになっていたのは美穂だけではなかった。臼井もだった。血走ったその目が、美穂を真っ直ぐに見つめている。

「俺のこと、そんなことで距離取るような友達だと思ってるの」

「ご、ごめん。ごめんなさい」

「やめろよ、ほんと、そういうの」

臼井は肩に置いた手を離すと、もう一度椅子に腰掛けた。

「美穂ちゃん、俺に病気について教えてくれないかな」

「え？」

「あ、別に……その。変な意味じゃないんだ。さっき俺、医療機器の営業もしてるって言ったでしょ。仕事上、そういう知識が必要なんだよ。でも一人で勉強するだけじゃなかなか難しくて。やっぱりどうしても、患者さん側の視点に欠けちゃうんだよね」

少し照れたように、臼井は美穂に向かって笑った。

「でも、信頼する友達から話が聞けるなら、助かるしさ」

美穂の足は、震えていた。

臼井の思いやりが、嬉しかった。ＨＩＶにかかったら差別されると思い込んでいた自分が愚かしく思えた。壁を作っていたのも、ＨＩＶ患者を差別していたのも、自分自身だったのだ。臼井はそれを教えてくれた。

「あ、いや。ごめん。別に美穂ちゃんが嫌だったら、いいんだけどさ。俺としては、できれば……」

ありがとう、臼井君。

もごもご言っている臼井の前に、美穂は腰を下ろす。もう一度向かい合って聞いた。

「結構……長い話になるけどいいかな」

「もちろん。飲み物もう一杯、注文しようか。俺の苺ジュース、美味しかったよ」

よく考えたら臼井君、可愛いもの飲んでるんだなあ。

「うん、それにしてみる」

今度は自然に、美穂は笑うことができた。

†

駅前に一軒だけあるキャバクラには、郊外店らしくいつものんびりとした空気が漂っている。だが、今日はその古びた内装の店内に怒声が響いた。

「だからよお、俺とヤれるのかって聞いてんだよ！」

ボーイやキャバ嬢が怪訝そうに視線を向ける。駿太はそれを感じながら、ますます不快感を覚えて激昂《げきこう》した。

「そうやってかっこいいとかさ、調子のいいこと言っててもよ、どうせ俺とはヤれないんだろうが！　嘘つきめ。美穂だったらヤらせてくれるぞ。俺がヤりたいって言ったらヤらせてくれるんだ！」

「シュンちゃん、飲みすぎじゃない？」

「うるせえよ！」

ハイボールを呷ると、気管に入って咽《む》せた。しばらく胸を震わせ、大きく咳きこみ続ける。

「ほら、無理は禁物だよ」

気を取り直してもう一度グラスの中身を喉に注ぎ込む。体が熱い。知るか。もっと熱くなればいい。熱くなって爆発して、あたり一面に血と肉をまき散らせばいい。駿太は空のグラスをぐいと突き出す。

「おかわり」

「まだ飲むの？」

顔見知りのキャバ嬢は、困った顔をした。

「あ？　飲み放題だろうが！」

「そうじゃないよ。今日はずいぶん飲んでるから、そろそろ……」

「指図すんなよ、この」

目を剥《む》いて身を乗り出した時、キャバ嬢の白いドレスから、胸の谷間が見えた。健康そうな小麦色。その奥には綺麗な血液が流れているのだろう。瞬間頭に血が上る。欲情でもあり、嫉妬でもあり、ただの八つ当たりでもあった。手が伸びる。キャバ嬢は身を翻し、胸を隠した。

「ちょっと！　シュンちゃん、ここそういう店じゃないかって」

「いいじゃん、触らせろよ。何度も通ってるじゃないかよ」

「ほんと、今日はどうしちゃったの。いつもはそんなんじゃないでしょ」

「結局、俺とヤりたくないいんだろ。気持ち悪いんだろ」

「シュンちゃんのことは好きだよ。でも、もう少しお互いのこと知ってからがいいな」

「はあ？　そういうのが調子いいって言うんだよ。好きならさっさとヤらせろ」

「ねえ、何か嫌なことあったの？　相談に乗るよ」

「相談に？　乗る？」

「うん。何でも話してよ」

「じゃあ、言ってやるよ！　俺はエイズだ！　エイズなんだよ！」

「……えっ？」

キャバ嬢が眉間に皺を寄せた。

「それでも俺のことが好きか？　俺と一緒に酒、飲めるか？　ほら、あれやろうぜ、ストロー二本差して飲むやつ。俺のこと好きなら、できるだろ？　いいよ、今日はボトル入れてやるよ、だから俺の唾液飲めよ！」

「や、やめて……」

見かねたボーイが間に入る。

「お客様。女の子嫌がってますから」

「笑わせんなよ！　お前、いつも自分も飲みたいってねだるじゃねえか。ボトル入れてやるって言ってんだよ、何が不満なんだよ。やっぱり俺がエイズだからだろ、この二枚舌が！」

キャバ嬢を見据え、腕を振り上げる。

「お客様！」

素早くボーイが飛びかかって来た。腕を掴まれると、そのまま床に組み伏せられた。顔を上げようとするが、さらに二人の店員が飛んできて、頭を押さえつけられる。キャバ嬢は遠巻きにこちらを窺っている。怯えた目だった。

そんな目で見るな。俺が病気だからって、そんな目で見るな！

わめいても、もがいても、多勢に無勢。全身を押し付けられて、もはや何が起きているのか自分でもよくわからなかった。

「今後、当店への入場はお断りします」

体格のいい店員が駿太にそう告げた。

財布の中の有り金をあらかた吐き出して会計を済ませる。いや、強引に奪い取られたと言うのが正しい。

抗議する気力もなく立ち尽くしていると、では、と扉が閉じられた。入口は壁へと変貌し、駿太の存在をただ拒んだ。

よろよろと階段を上る。気だるく、視界が歪んでいる。口の中が痛い。舌で撫でまわすと、レーズン大だったはずの歯茎の瘤が、無数に増えているのがわかった。何度も咳き込みながら、額に手を当てる。気持ちの悪い生温かさが掌に伝わって来た。

よろめきながら夜の街を歩く。

不快だった。何もかもが不快だった。

通行人が駿太を見ると避けていく。そばの女性をあからさまにかばう男もいた。エイズだからか。俺がエイズだから、そうやって扱うのか。エイズの人間には存在価値もないっていうのかよ。そうかよ。お前らはいいよな。健康でな。

舌打ちを繰り返し、怨嗟《えんさ》の念を込めて睨みつける。

ちょっとした段差につまずいて、転がるように数歩進み、その先にあったベンチに勢いよく座り込んだ。大きな音が響き、金属製のベンチの脚が揺れる。立ち上がる気力はなかった。両手を広げて座ったまま、空を見る。

花が咲いていた。

普段は見もしない街路樹に、白い小さな花がくっついている。それを見つめているうちに、突然涙が溢れてきた。

綺麗だ。綺麗な花だ。俺はあと何回、あの花を見ることができるのだろう？

鼻水と涙を袖で拭う。気持ちの上下を、自分でもコントロールできない。

もうすぐ梅雨が来る。雨の季節だ。俺の誕生日もやってくる。俺は死ぬまでにあと何回梅雨を感じられる？　あと何回柏餅を食える？　誕生日というほんの少し心華やぐ日を、誕生日前日のあの意味もなくドキドキする感じを、何回味わえるんだ？

いつか、結婚すると思ってた。いつか、子供ができるかもしれないと思っていた。いつか、海外旅行に行ってみたかった。いつか、自分の店を作って、たっぷり時間をかけて考えた店名をつけたかった。いつかできるはずだった、時間はいくらでもあるはずだった。夢見るだけなら自由なはずだったのに。

今はそれすらも空しい、ただ空しいだけ。

何をすればいいんだ。どうすればいいんだ。残された時間を、俺は何をして過ごせばいい。金を稼いでも仕方ない、飯を食っても仕方ない、どんな生産的な行動も、死んだら無意味なんだ。

頬の涙が乾いて突っ張る。通行人が不審げにこちらを見て、歩き去っていく。

こうして意味もなく、死んでいくのなら。何のために俺、生まれてきたんだ……？

しばらく呆然としていると、ふと美穂の顔が星空に浮かんだ。

やっぱり美穂だ。美穂しかいないんだ。

なんとかしてあいつと連絡が取れないものか。会えば、話せば、美穂はきっと俺が可哀想になって、駆け寄ってきてくれるはずだ。そういう確信がある。

あいつだって同じＨＩＶ感染者じゃないか。気持ちは同じ。案外あいつの方も、話し相手を探しているかもしれない。もう一度電話してみよう。今度は強がらずに、正直に全てを伝えよう。浮気のことも、病気のことも全部白状して、泣きながら許しを請おう。そうしたらきっと美穂は帰ってきてくれる。帰ってこない理由がない。

携帯電話を耳に当てる。美穂の番号にかけ、出るのを待つ。

コール音が続く。留守番電話サービスに繋がる。

もう一度かけなおす。忙しいのだろうか。だが、出るまで俺は諦めないぞ。駿太は夜中まで、何度もリダイヤルを繰り返した。通行人の姿がすっかり消え、夜の帳《とばり》が下りて虫の声だけがあたりに満ちても、かけ続けた。

†

「……電源が入ってない、か」

福原雅和は諦めて受話器を置いた。美穂に貰ったメモ用紙を眺める。番号に間違いはないはずだが、何度かけても繋がらなかった。

任せてほしいと言った以上、早めに病院に来させたい。叱りつけて来院を促すくらいは簡単だと思っていたのだが、そもそも連絡が取れないとは。

福原はコーヒーカップを置き、溜め息をつく。

明日もダメだったら、この住所に直接行ってみるしかない。

福原は住所を手帳に控えると、静かに濃いコーヒーをすする。黒い液面に何か不穏な予兆のように波が生まれ、ゆっくりと消えていった。

†

駿太はぶつぶつと呟きながら、ふらふらと夜の街を彷徨っていた。

何もかもが癪《しゃく》に障る。何気ない牛丼屋の看板、海外旅行について書かれた旅行会社のチラシ、笑顔で候補者が笑う政治ポスター、全てがやがて死ぬ自分を笑っているように思えた。お前は落伍者なのだと、世界中で嘲笑《ちょうしょう》が響き渡っていた。

電池の切れた携帯電話を地面に叩きつける。それは細かい破片をいくつか撒き散らしながらからからと転がり、側溝へと消えた。結局、美穂は出なかった。

そうかよ。

俺を切り捨てて、みんな自分だけ幸せになるつもりかよ。

許さない。絶対に許さないぞ。

俺が子供の頃から、弱虫だの、のろまだの、散々バカにしやがって。ふざけんなよ。俺を認めない世界なんて、俺も認めねえ。

もはや駿太に失うものはなかった。それがかえって清々《すがすが》しく、力が湧いてくるようですらあった。

もう何も怖くないぞ。警察だろうが、何だろうが、全く怖くない。

殺してやる。俺一人では死なない。カタツムリの意地を見せてやる。

手始めに、古谷だ。バーにガソリンをまいて、燃やしてやる。それから美穂だ。実家の住所はわかっている。殺してやる。お前はずっと俺のものだって、思い知らせてやるよ。俺が失うんだ。お前らも失うべきだ。それから俺にエイズを移した奴。誰だか知らないが、そいつも後悔させてやらなくては気が済まない。だがちょっと待てよ。そいつもエイズということは、勝手に死ぬのか。それじゃつまらない。

しばらく考えてから、駿太はぽんと手を打った。

じゃあ、俺も誰かに移してやろう。若い女がいい。若くて未来のある、幸せがいっぱい待っている奴がいい。そうしたら、さぞかしすっきりするだろう。

そうだ、それでいいんだ。それで何もかも解決だ。

頭の中が綺麗に整理されて、駿太は嬉しくてたまらなくなった。にやにや笑い、時折大声で笑い声をあげ、呟き込むことを繰り返す。それからガソリンに、鍵をこじ開けるものもいるな。

何が必要だろう。まずはナイフだろ。それからガソリンに、鍵をこじ開けるものもいるな。バールでいいか。それから金。軍資金がいる。

どうして悪の算段をするのはこんなに楽しいのだろう。

深夜まで開いているディスカウントストアに入り、必要なものを手に入れる。ナイフはなかったので、刺しやすそうな包丁を買った。ガソリンは店長の車から貰えばいい。

凶器の詰まった鞄を提げて団地の脇を通り抜ける。

その時、目の前のプランターから野良猫が飛び出し、街路樹の陰に消えた。

わけもなく腹が立ち、駿太はプランターを思い切り蹴りつけた。草が揺れ、土が飛び出す。葉影に隠れていたのだろう、一匹のカタツムリが小石のように道路に転がり出す。

あっと思った時、トラックが勢いよく通り過ぎた。

カタツムリは殻ごと、砕け散っていた。

とたん、駿太はぽろぽろと泣き出した。

どうしてこんなことになっちゃったんだよ。どうしてだよ。俺、こっからどうなっちまうんだよ。

殺意に満ちているのに、急に悲しくて仕方なくなる。それらは同時に成立しているのだ。現実はとっくに駿太の心に収まる範囲を超えていた。

その日、桐子はいつものように勉強していた。机には本や資料が積み上げられ、ノートの上には黄色の蛍光マーカーとボールペンが転がっている。客は来ないのに論文のコピーばかり取るから、お金は減っていく一方だ。勤務医時代の蓄えはあるが、それも長くは持たないだろう。神宮寺が連日危惧するのも無理はない。

ふと、ノックもなしに、ゆっくりとドアが開いた。

「あ、こんな時間でも起きてるんだ」

闇の中、充血した目だけを爛々と輝かせて、一人の男が立っている。異様な雰囲気だ。長そでの漆黒のジャージは泥だらけで、髪はぼさぼさ。手にした鞄はところどころ不自然に出っ張っている。何が入っているのか。

「誰？」

数か月前に百円置いていった患者だと、桐子が思い出すまでには時間がかかった。溝口駿太は少し痩せたようだった。

「ずいぶん夜中までやってるんすね」

駿太はずかずかと室内に入り、椅子に腰を下ろした。鞄は足元に置く。

「僕は泊まり込んでますから。看護師はいないけれど」

「でも今、三時ですよ」

桐子は掛け時計を見る。

「確かに、ちょっと朝早いですね」

まだ日の出前で、外は音もない霧雨。桐子は資料にペンを挟んで置き、代わりに聴診器を首にかけてから、聞いた。

「それで、今日はどうしました？」

平然と診療を始めた桐子に、駿太は少し戸惑う。

「いえ……別に。何でもないんですけど」

「何でもない？」

「はい。いや、ちょっと計画があってですね。ソープに行って、それからバーに行って、最後に彼女の家に行くつもりなんですよ。だけどソープがまだ、開いてないんです。だから暇つぶしに寄ったんですよ」

まあ、寝てるようだったらお前もぶっ殺すつもりだったが。

「そうですか。僕は、何か用があるからいらっしゃったのかと思ってました」

では、と桐子は再びノートを取る。しばらく桐子がノートにペンを走らせる音だけが静かな室内に響いた。まるで駿太がそこにいないかのようだ。あまりにも無防備な姿に、呆気にとられてしまう。それが、気まぐれを呼び起こしたのかもしれない。駿太は声をかけた。

「あの、先生」

「はい」

「ちょっと話でもしませんか」

「話？　まあ、いいですけど」

駿太は膝に手を置き、ぼそぼそと話し始めた。

「もしですよ、もし。仮定の話です。もし、絶対に治らない、死んでしまう病気にかかってしまったら、先生はどうしますか？」

桐子がペンを置いた。それから駿太に向き直り、答える。

「残された時間で好きなことをします」

「好きなこと……好きなことって何ですか？」

「人によると思います。美味しいものを食べたい人もいれば、旅行に行きたい人もいるでしょうし、家族とただ普通に過ごしたい人もいるでしょう。個人の嗜好を尊重すべきだと、僕は思っています」

「そんな一般論じゃなくて。先生の好きなことは、何なんですか？」

しばらく桐子は沈黙した。考えているようだ。やがて、端的に答える。

「その時考えます」

「はは。桐子先生」

思わず苦笑がこぼれた。

「これから死ぬって時に、好きなことなんて思い浮かぶと思います?」

桐子は答えない。ただ、じっと駿太の目を見つめ返している。

「そんな気持ちに、なれるわけないじゃないですか。頭に何が浮かぶか、わかります?」

唇がわなわなと震える。やがて、駿太は怒鳴りつけた。

「教えてやるよ! 死にたくない、死にたくない、嫌だ、怖い、怖い、そればかりだよ! それだけじゃないよ。やたらと腹が立つし、みんな死ねって思うよ。で、悲しくなって、突然涙が流れる! 何がやりたいとか、何が好きとか、そんなこと言ってる場合じゃないんだよ!」

唾が飛ぶほどまくしたてる。桐子は涼しい顔だった。

「やりたいことが思い浮かばない?」

「そうだよ! そんなこと考えるような状態じゃないんだ。そんな冷静でいられねえよ」

「事前に考えておけば良かったのでは？」

「あ？」

「人生は、病気になる前から与えられているものです。その人生で何をやりたいか、考える時間はいくらでもあったはずですし、そのために生きてきたはずでしょう。僕から言わせれば、死を前にしてもやりたいことが思いつかない、それはつまり、やりたいことなんて最初から何にもないんですよ」

駿太の気持ちも知らず、桐子はべらべらと話し続ける。

「ただ生きてきただけです。痛いのは嫌だから逃げ、気持ちいいのは楽しいから欲する。敵から逃げ蜜に集まる虫のように、あるいは弾かれて飛び回るピンボールのように、主体性なく命を使ってきた。その場その場で、流されるままに」

「うるせえよ」

「あなたの人生はあなたの意思で形作られたのではなく、無作為に立っていたピンによる、一種の偶然に過ぎないんでしょう」

「うるさい！　うるさい、うるさい！　それの何が悪い！」

「？　悪いなんて言っていませんが」

別段桐子は、駿太に説教をしようというわけではないようだった。意図がつかめず、かえって駿太は混乱する。

「だから、そういう人にとっては『流されるまま、ただ生きる』こそがやりたいことだった、とも言えますよね。本当に心からそれを欲するのなら、最期まで、そうすればいいんじゃないでしょうか。望む夢を、最期まで。大丈夫です、逃げたってちゃんと死はどこかで追いついてきますから。必ずね」


感情のこもっていない声だった。相変わらず変な医者だ。ペースを崩されてしまう。

駿太は一つ深呼吸をして、ほとんど独り言のように口にした。

「なるほどね。病気になっても病院にも行かず、治療もせずにね」

顔を上げる駿太に、桐子はしばらく沈黙してから、答える。

「それが望みなら、いいと思います。一つ僕からも質問しますが……」

桐子が駿太の口を見ている。さっき怒鳴った時に歯茎の瘤が見えてしまったのかもしれない。慌てて駿太は口を閉じた。

「医学は日々進歩します。かつての死病に、劇的な治療法が見つかるなんてのは、日常茶飯事です。素人考えでは絶望的に思えても、病院に行って専門家の意見を聞けば、全然そんなことはない、ということもあるんですよ。それでも、病院に行きたくないということですか？」

「はい」

「参考までに聞きたいんですが、それはどうしてですか」

「先生にはわからないんだ。いや、古谷や美穂にもわからない。俺みたいな弱い奴だけがわかるんだ」

桐子は黙って聞いている。

「何かのために逃げるとかじゃなくて、ただ逃げるしかできない人間がいるんだよ。そういう人間に生まれついたとしたらどうする？　何かを探したって、俺の中には……何にもないいんだぜ」

それを自ずから口にした時、駿太の体はぶるっと震えた。

「なのに命なんて与えられたって、使うどころじゃない、持て余しちまうよ。なあ、こんな不公平、あるのかよ」

自分の声をまるで他人のもののように聞きながら、床を見つめる。無機質なタイルの床は、波打っているように感じられた。

「ひどすぎるだろ、あんまりにも。そりゃカタツムリはカブトムシとは違うけど、だからってこんなに違っていいのかよ。なあ先生、そう思うだろ？」

「駿太さんがそう思うのは、自由だと思いますよ」

その突き放した言い方に、再び駿太の心の奥、暗い闇が鎌首をもたげる。

「ああ、そうだよな。そうだよ、俺が何を考えようが自由だよな」

口が勝手に動く。おかしくもないのに笑いがこぼれる。

「でもさ、先生。俺、やっと『やりたいこと』は見つかったんだ。聞いたらびっくりすると思うぜ。ちょっとだけでも知りたい？　仕返しをしてやるんだよ。存在意義がないなら、存在していた証だけでもこの世に刻み付けてやるのさ」

それまでずっと無表情だった桐子の眉が、ぴくりと動いた。それが嬉しくて、駿太はますますヒートアップする。

「まずはソープの女。それから店長の古谷、そしてさ、最後に美穂だ」

くすくす笑いが出るのが堪《こら》えられない。

「誰ですか、それは」

「ん？　俺の彼女。向こうは別れた気になってるけど、俺は別れるの認めてねえから。だってそうだろ、付き合う時だって互いのオッケーがいるんだから、別れるのだって俺がうんと言わなきゃダメに決まってる。だからさ、一緒に連れてくんだよ。地獄に。どう？　先生？　いいアイデアでしょ」

これでもまだ涼しい顔をしていられるか？

「先生、言ったよな。個人の嗜好を尊重するって。俺が何を考えようが自由だって。言ったよな、確かに言ったよな！　今更俺の行動を否定しないよな？」

たっぷり挑発したつもりだったが、しかし、その返事は駿太の予想とは異なったものだった。

「はい。どうぞ」

桐子の表情に大きな変化はない。騒いでいる駿太とは対照的に、そこにはいかなる波にも風にも影響を受けない、深海に潜む岩のような雰囲気があった。

「……いいんだ？　桐子先生。やって、いいんだね」

「はい。心からやりたいことがあるなら、死ぬ前にちゃんとやるべきだと思います。それは万人に与えられた権利です」

駿太は立ち上がる。

「こりゃありがたい。先生のお墨付きがもらえるとはね。了解、心置きなくやってくるよ！　しかしあんた、ちょっと頭イっちゃってるね」

「そうですか？」

「自覚ないの？　笑えるよ。いやー、今日は雑談に付き合ってくれてありがとう。すっきりしたよ」

「それは良かったです」

ひょい、と桐子が銀色のボウルを取り出して突き出す。

「ああ、はい。お代ね」

「お気持ちで」

「はい、はい、お気持ちね、ええと」

駿太は財布を覗き込んだが、そこには本当に一銭も残っていなかった。小銭でもないかとポケットを漁《あさ》ると、硬いものが指先に触れた。

「先生、すみません。今ほんとにカネがなくて。これだけポケットにあったんで、これでいいかな」

かちゃん、とボウルが音を立てる。桐子が不思議そうに首を傾げた。

「次があったら、ちゃんと払いますんで！　次があったらね。じゃあ、あざっした」

何か大きな力で潰されて砕けたカタツムリの殻、大きな二つと小さな四つに分かれてしまったそれがボウルの中でぶつかり合い、転がっている。まだ湿っていて、ボウルに液体が付着した。

桐子が何か言うよりも早く、駿太は部屋を出た。何度も咳き込みながら、赤らんだ顔でよろけながら、扉を開き、くすくすと笑いながら、霧雨の中へと歩いていく。鞄の中で刃物がかちゃかちゃとぶつかりあう音が、まるで行進曲のように感じられた。

†

「病気のことをもっと知りたい」と言った臼井のため、美穂は彼を実家に呼んだ。服薬記録や、通院記録をメモしているノート、それからＨＩＶ治療のためのハンドブックなどをかわるがわる見せる。

臼井は笑いも、悲観もしなかった。

興味深そうに質問し、時折冗談を交えたりもしながら、貪欲に知識を吸収していく。

臼井がハンドブックを眺めながら聞く。

「へえ、こんなに進歩してるんだね」

「年々進んでいるみたい。また数年たてば、劇的に変化する可能性もあるって、先生は言ってた」

「凄いなあ。全然知らなかったよ。やはり当事者じゃないとわからないことはたくさんあるね」

美穂は妙な感動を覚えていた。なんて自然に話が進むのだろう。

駿太とだと、こうはいかない。「何だよ、俺が勉強不足だって言うつもりかよ」だとか「難しい話をして煙に巻くつもりだろ」などと、変な被害妄想から話がややこしくなる。重症だ。駿太に慣れすぎて、コミュニケーションの感覚がおかしくなっている。

「お茶が入りましたよ」

母親が部屋まで呼びに来た。臼井が頭を下げる。

「あ、どうも、お邪魔しています」

「いえいえ。美穂をよろしくお願いしますね。この子、おっちょこちょいだけど、本当に根はいい子ですから、私が言うのもなんですけど、ええ」

「ちょっと待ってよお母さん。何か勘違いしてない？」

「え？　でも、恋人なんでしょ」

慌てて美穂は母の傍まで駆け、耳打ちする。

「説明したじゃない、大学のサークル仲間で、ただの友達だって。その、ほら、私の病気のこととか知りたいって言ってくれて、こうしてるだけなの」

「そうなの？　ふうん。そうは見えないけれど」

「だから、違うんだって。ちょっと……ほっといてよ、もう」

はいはい、と退散する母親に苛立ちながら、再び部屋に戻る。臼井が床に座っていて、手にハンドブックを持ったまま、美穂を見て頷いた。彼は何も言わなかった。ただ微笑んで、頷いただけだった。

だがその時、美穂は感じた。

この人と結婚するかもしれない。

初めての感覚だった。臼井が年老いても、自分が年老いても、時代がどのように変わっても、一緒にいられるような予感がふいによぎったのだ。駿太に恋した時の、あの胸を掻きむしられるような愛おしさ、足元から湧き上がるような充実感とは全く性質が異なるもので、美穂はしばらく戸惑った。

何考えてるの、私。

付き合ってもいないのに。彼の気持ちすら知らないのに。いやそれ以前に、自分のことで精いっぱいだって言うのに。

己を諫《いさ》め、考えを振り払い、つとめて冷静に言う。

「下でお茶、飲んで休憩しようか」

「そうだね」

臼井も頷いた。

美穂は彼を連れ、木製の階段を下りた。庭から差し込む光が、板の木目を優しく照らしていた。

†

執事服をきちんと着た担当者が、お茶を淹れてくれる。茶菓子としてか、ウェッジウッドの皿にパックの羊羹《ようかん》が載せられていた。全体的に漂うアンバランスさに苦笑しながら、駿太は湯呑を口に運んだ。

高級感のあるソファが一定の距離を保って配置され、それぞれ客が座っている。テレビで流れる競馬中継を眺めている者もいれば、新聞を読んでいる者、担当者と話している者もいる。

「あ、はい！　お願いします、はい！　可愛い子、はい！」

頬を紅潮させながらしきりに頷いているのは、やけに肌が綺麗な小太りの男性だ。かなり若い。大学生だろうか？　なけなしのバイト代、あるいは仕送りの余分を少しずつ貯めた金を握りしめて、やってきたのかもしれない。

駿太の隣の男性は、静かに煙草を吸いながら天井を眺めていた。職人のような風貌で、黒ずんだ肌が光っている。指名はもう決まっているらしく、担当者に渡された写真アルバムを開こうともしない。

「ご指名はお決まりですか。外見や性格の好みなど、あればこちらで……」

ひとしきり茶を飲み終えた駿太に、目の前の担当者が聞いた。

「若くて、幸せそうな子で」

珍しい表現だったのだろう。担当者は一瞬驚いた顔をしたが、すぐに「かしこまりました」と頭を下げて奥に引っ込んだ。やがて準備ができたらしく、呼ばれて駿太は立ち上がる。

「はい！　いや、ほんと、おっぱいは大きい方が！　はい！　そっすね、できれば乳輪は小さめで！」

小太り男の声を背後に聞きながら、担当者に案内されるままに進むと、ナイトドレスに身を包んだ女性が、にっこりと笑って立っていた。

「こんにちは。ハルミです、よろしくお願いします」

「ああ、今日はよろしくね」

笑いかけると、ハルミが駿太の手を取った。すべすべの肌。手を繋いだまま二人は階段を上る。蛍光灯で無機質に照らされた待合室から、ぼんやりとしたオレンジ色の明かりがいくつかあるだけの、暗い二階へと。窓は一つもない。湿気、それも人の体を連想させるような生温かい水分に埋め尽くされた階段を、無言のまま一歩ずつ進んだ。

「お客さん、ここは今日が初めてですか？」

浴槽とベッドが並ぶ個室に入ると、ハルミはそう聞いた。駿太はベッドに座り、伸びをする。

「うん。あ、敬語いらないからさ。友達みたいによろしく」

即座にハルミはそれに従う。

「あ、わかった。よろしくね。でもさ、なんか君、慣れてるよね」

「そう？　あんまりソープは来ないけどね」

「そういう言い方がもう、遊び人じゃん」

ハルミは歯を見せて笑った。駿太は改めて、彼女を観察する。

若い。凄く若い。高校生くらいに見える。頭が小さくて脚が長い。髪はサラサラで、肌は輝くように綺麗だった。顔は美人というよりは愛嬌《あいきょう》のあるタイプで、八重歯が結構目立つがそれがむしろ可愛らしい。

きっと人生楽だろうな。

さあ脱いでくださいねー、とハルミは駿太のジャージに手を伸ばし、チャックに触れる。慌てて駿太は制止した。

「あ、ちょっと待って。服はいいから」

「え？」

「ハルミちゃんだけ脱いでよ」

戸惑う風俗嬢に、駿太は慌てて補足した。

「俺、そういうフェチなんだよ。女だけ裸で、男は服着てるってのが好みでさ、そうじゃないと勃《た》たないんだ」

不審がられるかと思ったが、ハルミはくすくすと笑った。

「なるほどねー、変態さんだあ」

「別にいいじゃん。一緒に変態しようよ」

ほっとした。肌を見せれば、絶対に恐ろしがられてしまう。すでに赤黒い斑点は全身を横断し、呪《のろ》いの痕《あと》のように皮膚の隅々まで食い込んでいるのだ。見せるわけにはいかない。

駿太は靴だけを脱ぎ、ハルミがドレスを脱ぐのをしばらく見つめる。

「なんか自分だけ脱ぐのって、恥ずかしいなあ」

「ハルミちゃん、何歳？」

「えっとね、二十一。今ね、大学四年生なんだ。もうすぐ卒業」

「卒業したら、どうすんの。夢とかはあるの？」

「あ、私もう就職決まってるの。そこで働く。夢は、お嫁さんかなあ」

黒く艶のある髪が揺れる。ドレスを取り、下着に手がかけられる。少しずつ露わになっていく肌を見て、駿太は舌なめずりをした。

「へえ、就職先はどんなとこ？」

「へへ。聞いて驚け、銀行。おっきいとこだよ」

「銀行かあ……」

どうすればそういうところの面接を受けられるのかすら、駿太にはよくわからなかった。きちんと勉強してきた人だけが行けるのだろう。今、この個室の中で駿太とハルミは肌が触れるほどの距離にいる。天体のニアミスのような出来事かもしれなかった。

「銀行って、結構給料いいんじゃないの。こんなお店で働く必要ないでしょ。借金でもあんの？」

「あ、ううん。そういうんじゃないんだけどね。私、服が好きでさ。学生最後に、いっぱい服を買いたいの。それから友達と海外旅行とかも行っておきたくて。今のうちしかできないじゃない？」

ハルミは思わず見とれるくらい、綺麗な形に唇を曲げて微笑んだ。

「なるほどね」

気楽すぎる使い道。間違いなく「幸せそうな子」だ。悲壮感もなければ、闇もない。大学にきっと友達がいっぱいいるのだろう、海外旅行に行けるくらいの仲の。駿太の対極にいる存在だった。

「あ、あとプチ整形してみたい！　それからエステとか……」

美容にお金を使える程度に豊かで。銀行にスーツを着て通い、エリートと結婚し、母親になってからもお洒落に気を遣い、幸せに年を取っていくのだろう。

「羨《うらや》ましい」

思わず素直に口から出た言葉を、全裸になったハルミが拾う。

「そう？　お客さんだって、こんなところに来られるくらいだから、稼いでるでしょ？」

「まあなあ」

そんなことはない。消費者金融から借りて、何とか入浴代の九万円を工面したのだ。

「へへ、せっかくだから楽しんでいってね。たっぷりサービスするから！」

嫌味のない笑顔。演技は入っているのだろうが、それでもいい子だと思った。

「お客さんは、どんな夢があるの？」

「俺？　俺は……」

駿太は呆然と室内を見回した。タイル張りの壁。浴槽。脇にはマットがあり、真ん中に穴の空いた変わった形の椅子があり、ローションの瓶がある。

「いつか、自分のバーを持ちたい」

今となっては空虚すぎる言葉だった。素敵だね、という反応も右から左に通り過ぎていく。

「お風呂、どうする？　まさかジャージのまま入らないでしょ。もう、ベッド入っちゃう？」

「うん」

「へへ、じゃあ一緒にお布団入って、ねんねしよ」

手が差し出されると、ハルミの胸が柔らかく揺れた。控えめな大きさながら、美しい輪郭を見つめながら駿太は思った。

うん。一緒に入ろう。そして一緒にウイルスに塗《まみ》れて、一緒に死んでくれ。

お前が道連れだ。

†

何度もインターホンを押したが、反応はなかった。

やれやれ。

福原雅和は額の汗を拭う。溝口駿太の住所はここであっているはずなのだが。

これで二度目だが、また留守か。

手帳を取り出すと一ページを切り取った。そこに連絡先と、美穂に頼まれた旨を記載し、ドアの隙間に差し込んだ。

†

マッサージやマットなどのプレイは、全て断った。どうせ肌が痛くて気持ちよくは感じられないだろうし、何かのきっかけで病気に感づかれても困る。

今考えるべきは、こいつの血の中に確実にウイルスを送り届けてやることだけだ。駿太はハルミの下半身を覗き込み、その薄い陰毛を眺めながら聞いた。

「舐めていい？」

「うん」

しばらく、駿太がハルミの性器に舌を這わせる音が続く。

美しく、幸せで、未来への可能性にいっぱいに満ち溢れたこの体。

様々な女の嫉妬を買って来ただろう恵まれた容姿。男たちの関心を一身に集めてきただろう体躯《たいく》。駿太が手を伸ばしても決して届かないもの、お金を積んですら限られた時間しか触れ合えないもの。

それを、これから俺と同じところにまで落とすのだ。悪の感覚が、究極の支配の予感が体に満ち、すでに駿太の性器は邪悪に勃起している。

駿太は少しだけ、歯を立ててハルミの股間を刺激した。

「ちょっと、痛いよ……」

ハルミは嫌がったが、しかし強く抵抗もしなかった。性器に傷があると、より感染のリスクが上がると聞いた。妙な気分だった。こうも冷静に、人を傷つけようと目論《もくろ》むことは初めてだった。

「ね、いいよ」

「ん？」

「入れていいよ。来て」

「ん……」

ハルミの下半身が湿っている。駿太を奥へ、奥へと誘うように震えている。その両手が駿太の背に伸び、そっと姿勢を導いた。

もはや、二人は僅かに角度を変え、ほんの少し腰に力を込めるだけで合体する。互いの性器から滴る液体は、すでに気化して混じっていた。もちろんコンドームはつけていない。そのために、大枚をはたいてノースキンのソープに来たのだ。

肌と肌が触れ合い、快感の予感が、電気のように走る。

「いくぞ」

駿太は自分に告げるように言った。

待ち望んだ瞬間だった。思わず薄ら笑いが溢れる。お前も死ぬんだ。俺一人じゃなくて、お前も死ぬんだ。ざまあみろ。何が就職だ、海外旅行だ、エステだ、お嫁さんだ。お前だって死ぬんだよ。苦しんで、体中が痒くなって、口にカビが生えて、咳が止まらなくなって、熱が出続けて、そこら中に斑点ができて死ぬんだ。

何も知らずに、目を閉じているハルミ。

同じ苦しみを味わえ。ある日突然検査で陽性が出て、絶望すればいい。恋人も仕事も未来も何もかも失えばいい。検査の前に、色んな男に移してくれると、よりありがたい。どんな客が来るんだろうな。家庭を持つ真面目なサラリーマン。黒ずんだ肌の職人。小太りの若い男……みんな、感染しろ。お前らの絶望として、俺は死んでもこの世に生き続けるんだ……。

呼吸が荒い。

淫靡《いんび》な興奮と邪悪への渇望で、目の前が赤くなった。性器への充血は、痛いほどだ。

笑いながら、唾液がこぼれるほどに笑いながら、駿太は。

駿太は、震えていた。

——どうしてだ。

目の前には大股を広げたハルミがいる。一切の抵抗はなく、避妊具もつけなくていい。ただ駿太が腰を前に進めるだけ、ほんの数センチ進めるだけ、それだけですべては完遂されるのに。

できなかった。

興奮の吐息は、次第に焦りへと転ずる。瞬きが増え、全身が細かく震える。凍り付いたように腰は動かない。あれほど屹立《きつりつ》していた性器は、ゆっくりと萎《な》えてゆく。まるで、身体が自ら性交を、この行為を拒否するかのように。

どうして。

理解できず、駿太は己の下半身を見た。それが別の人間の持ち物であるような気がした。今まで、一度だってそんなことはなかった。入れる前に萎えるだなんてことは、一度も——

ハルミがそっと手を伸ばした。優しく駿太の下半身に触れ、しごき、少しだけ硬さを取り戻した部分を、女性器の入口へと導こうとする。瞬間、脳に電光が走った。

「やめろ！」

駿太はベッドから飛びのいていた。

ハルミが驚いてこちらを見ている。

「……やめろ、やめるんだ。ダメだ……」

なぜ、と聞きたげなハルミ。こっちが聞きたい。そのために来たのに。そのために借金までしたのに。すべてはそのためだったのに、俺はどうして——

「口で、してあげようか」

「やめろ！　やめろって……ちょっと、ちょっと、やめろ」

体の芯が熱く、鈍く震える感じがした。何かを言おうとして、言えなかった。言えないくらい、猛烈に涙が溢れ出てきた。顎が震え、視界が歪み、顔がぐしゃぐしゃになる。

なんだこれは。どういうことだ。

できなかったのに、一体なぜ、こんなに熱い涙が出る。

「お、おれ、おれ……」

俺はまさか。

ほっとしているのか……？

できなかった自分に、安心している？

喉にも鼻にも、自分自身の涙が入り込んでくる。熱湯でも注がれているのではないかと思うほど、熱い涙だった。床にへたり込み、歯をかちかちと鳴らしながら、ただ駿太は泣いた。子供のように泣き続けた。

あったのだ。

駿太はそう感じていた。理屈は不明だが、身体で理解していた。

俺の中には何にもないはずだった。精いっぱい作り上げた外見という、吹けば飛ぶような殻があるだけで、中身は空っぽ。何の存在価値もない、ただ弱くて逃げ惑うだけの人間。何をする力もなく、だからこそ最後に何をしても構わないはずだった。

だが、違った。

駿太は掌で胸を押さえる。湿疹と肉腫に塗れ、微生物に食い荒らされつつある胸を。細菌に侵された肺を。血液と一緒にウイルスを送り出し続けている、心臓を。

ここに、あった。

最後に残された何かが、確かにあった。そうだろう、だから俺はできなかったんだろう？

俺が、自分でも気づかなかった俺が、あった。もしかするとそれは、ずっと昔から変わらずあったのかもしれない。留年した時も、大学デビューした時も、美穂と付き合っている間も、ずっと、ここにあり続けた。

何一つ得たわけでもないのに、救われたと思った。

あれほど孤独で辛かった気分が、嘘のようだった。熱い涙がぽつり、ぽつり肌に落ちるたび、粘性に満ちた黒いものが、綺麗に洗い流されていく。

ハルミが、そばで優しく頭を撫でてくれている。きっと困惑させてしまっただろう。変な客だと思われたかもしれない。だけど、良かった。これで良かったのだ。久しぶりに安らかな気持ちだった。

その時、激しく胸が震えた。ほとんど怒声のような咳が、ソープランドの個室に響き渡る。

ごめん、びっくりさせて。

不安そうな顔のハルミにそう言おうとしたが、間髪いれずに次の咳が追いかけてくる。何度も咳き込むうち、喉に鋭い痛みが走った。息ができない。こんなのは初めてだ。苦しい。苦しい。海の底でもがいているみたいだ――

喉を掻きむしる。口の端から泡が出ている。何だこれ、どうしちまったんだ俺。頭が混乱して、どうしていいかわからない。

そのうちに気が遠くなってきた。

抗《あらが》えない眠気に闇の奥に引きずり込まれる。目を開いているのに、黒いシャッターが上から降りてくる。

顔を引きつらせたハルミが、電話に駆け寄るのが見えた。

それを最後に、駿太の世界は闇に包まれた。

どうせまた営業電話だろうと思いながら、神宮寺千香は受話器を取る。

「はい、桐子医院です」

「あ、どうも、私、『プレジデント御用達クラブ・アプリコット・ドールズ』の渡辺と申しますが」

「は、はあ？」

一体どういうことだ。狼狽《ろうばい》した様子の男の声は続く。

「ええと、当店にいらしたお客さんがですね、急病で倒れられまして、その、高熱で、あと咳が。苦しんでらっしゃるんです」

「は、はい。それで、当院へはどうしてご連絡を？」

「先ほど救急車を呼んだんですが、その、まだ来なくて、お客さんの診察券が財布の中にありまして、かかりつけのお医者さんなのかと思い、ご意見を伺おうかと」

だいたいの事情を理解した神宮寺が何か言う前に、横から桐子が受話器をひったくった。さっきまで外にいたはずなのに。階段を駆け上がって来たらしい。

「どんな症状ですか」

「はい、対応した者によれば、高熱で、何度も咳をした後に倒れて。唇が真っ青になっていて」

聞こえてくる声に、神宮寺は凍り付く。チアノーゼだ。まずい。

「意識は？」

「ありません」

「なるほど……」

桐子は淡々と答える。

「とりあえずうちじゃ対処できないので、救急車が来たら乗せて、酸素を吸入しながら搬送してください。基本的には隊員に任せてもらえば大丈夫です。ニューモシスチス肺炎の可能性があるとだけ伝えてもらえますか」

ＡＩＤＳ指標疾患の一つである病名に、神宮寺は目を剥く。

「は、はい……ええと、ニューモシス……？」

「旧カリニ肺炎と言っても通じるはずです。搬送先がわかったら、ご連絡いただけますと大変ありがたいです」

電話を切ると、桐子は白衣のまま鞄を取り、靴を履いた。

「桐子先生、どうするんですか」

「彼の元へ行く」

「でも、まだ搬送先は決まってませんよね？」

「たぶんＨＩＶ診療拠点病院に運び込まれる。あるいは基幹病院か。どちらにせよ、このあたりなら七十字なんじゃないかな」

「ヤマ勘で七十字に行くんですか？　追い出されますよ」

「別に邪魔するつもりはないよ。ただ、できることがないか聞きに行くだけだ。何もなければ帰ってくるさ」

「本気ですか」

この男がこう言い出したら、本気に決まっているのだ。それはわかりきっていたが、神宮寺は聞かずにはいられなかった。

「じゃあ、行ってくる。別の病院に搬送されたら、電話しておくれ」

何を言っても無駄だ。神宮寺は頷いた。

飛び出していく桐子の背中に、そっと声をかけた。

「福原先生によろしくお伝えください」

†

「今日は、先生に紹介したい人がいるんです」

美穂がそう言って診察室に臼井紘一を連れてきたのを見て、福原雅和は我がことのように嬉しく思った。

「突然、すみません。僕、美穂ちゃんの大学からの友達なんです」

「何かあった時、彼みたいに詳しい人が近くにいると安心だと思って、連れてきちゃいました」

「いいえ、僕が無理にお願いしたんです。どうしても詳しく知りたくって。だって知人の病気なのに、何も知らないなんて嫌で」

微笑ましい。

ＨＩＶに対する偏見は依然として少なくない。啓蒙にいそしむ団体も、医者もいるのだが、なかなか広く知見を行き届かせるのは難しいのが現実だ。時として、己の無力さを感じる時もある。焦る時もあり、歯がゆく思う時もある。

だから、こうして前を向いて進んでいる患者を見ると、改めて確信できる。世界は良い方に進んでいると。

「では、今日は臼井さんにも一緒に数値を見てもらいましょうか。経過は引き続き順調ですよ。ウイルス量は検出限界以下。一方、ＣＤ４の数値も三百後半、上り調子です……」

真剣な表情でデータの印字された紙を覗き込む臼井。そんな彼を頼もしそうに見つめる美穂。二人の未来は明るい。この清潔な診察室のように、白く輝いている。

診察を終えて二人を見送ってから、福原は改めて手帳を取り出し、頭を掻いた。未だ溝口駿太からは連絡はない。

また、仕事が終わった後に家に行ってみるか……。

そんなことを考えながらノートパソコンを畳み、自分の部屋へと引き上げる。

廊下の先に感染症科部長の糸川が、相変わらずの猫背で立っていた。ＰＨＳを耳に当てている。電話中のようだ。軽く会釈して横を通り過ぎようとすると、糸川がＰＨＳを切り「福原先生」と話しかけてきた。

「今、時間ありますか」

「はい？　ちょうど午前の外来を終えたところですが」

「それは良かった。これからうちに、救急搬送があるそうです」

「どういうことですか。救急科に応援が必要？」

「いいえ。ただ、ニューモシスチス肺炎の疑いありとのことです。それから、肌に腫瘍らしき病変も確認されています。生検次第ですが、おそらくカポジ肉腫かと。タイミングを見て、感染症科で引き受けることになるでしょう。基本は私が診ますが、サポートをお願いします」

福原は思わず微笑んだ。

「なんだ、そんなことですか。もちろんですよ」

「いえ、それだけではないのです」

「まだ何か？」

「その患者のかかりつけ医もまた、うちに来るようでして」

「よその医者がわざわざ来るんですか。ずいぶん暇な、いや失礼、面倒見のいい方ですね」

「そうですね。珍しいと思います。その方がどうやら福原先生と旧知の仲のようなので、いったん応対をお願いできないかと」

「旧知の仲ですって？」

嫌な予感がした。

「桐子修司先生、だそうです」

名前を告げられ、福原は思わず眉間に皺を寄せた。

「では、受付から連絡があったら、頼みますよ」

福原が何か言うよりも前に、糸川は忙しそうに歩き去ってしまう。

一体どういう因縁なんだ、これは。

溜め息をついてから、福原は窓から外を見下ろした。七十字病院のロータリーにはバスやタクシーが引っ切り無しに患者を運んできている。血液のように循環する人の波の上で、太陽が輝いている。入道雲の浮かぶ、暑い日だった。

†

俺は死ぬんだろうか……。

駿太はふと、そう思った。

その目覚めはこれまでに味わったことがないような、奇妙なものだった。爽快でなく、明晰でもなかった。ぼやけた視界に長い時間をかけて焦点が合う。ようやく目から入ってきた映像を、さらに時間をかけて脳が理解する。いつもならすぐに回転し始めるエンジンが、何度もストップしながら何とか起動するかのように。

サイレンの音が聞こえる。無線で何かを話す声も。

「大丈夫です、今搬送中ですから、寝ててください」

目を開けた駿太に、マスクをつけ、青い服を身に纏《まと》った若い男性が横から優しく声をかける。救急隊員だ。咄嗟に返事をしようとしたが、すぐにむせ返るように咳が出た。口に触れ、そこに何かが据え付けられていることに気が付く。

「話さなくて大丈夫です、すぐに着きますからね。あ、酸素マスクはいじらないで」

手を離す。指先にはホッチキスのような形をした器具が噛まされている。赤い光が親指を照らすのが見え、もう一人の救急隊員が小さなディスプレイの数値を時折覗き見ていた。

体がひどくだるく、頭がぼうっとする。血中酸素濃度が減少し、地上にいながらにして溺《おぼ》れかけたなどとはわからなかったが、何か大変な目にあって病院に連れていかれる、ということだけは理解できた。

何だかどうでもいい。そんなことはどうでもいい。思考が痺れたようで、他人事のように寝ている自分の体を眺めていた。

俺は、何をしていたんだっけ。どこにいたんだっけ。何かとても大事なことを考えていた気がする。そうだ、俺はどこかに行かなきゃならないんだ。そのために準備もして、作戦も練っていたような気がする。何をするんだったっけ……。

靄《もや》のかかったような意識の中で、駿太は何とか思い出そうと努めた。

すぐ横で、鞄が揺れている。俺の鞄だ。ディスカウントストアで買った安物。中に何が入っているのだろう、随分でこぼこしている。眺めているうちに、ふと自分のやろうとしていたことを思い出した。

そうだ。

そうだった。

俺は……。

胸がずきりと痛んだ。何という恐ろしいことを、俺はやろうとしていたのだろう。

ついさっきまでの自分はまるで悪魔に乗っ取られていたかのようだった。いや、違う。

あれも確かに俺なのだ。どうしていいかわからなくなって、暴走してしまった俺なのだ。

今頃体に震えがやってくる。

あのままだったら、一体自分はどこまで行ってしまっただろう。

車が段差を一つ乗り越える。しばらく徐行した後、停車した。

「到着しましたよ。移動しますね」

駿太が載せられているストレッチャーのロックが外される。後部ドアが開くとともに、太陽光線が差し込んだ。目を刺すような強い光に、思わず駿太は顔をしかめる。

「はい、そっちOK？　はい、行きます」

救急隊員が、ストレッチャーごと駿太を車外に運び出す。

美穂に会いたい。

そう思った。

暑い。喉がからからだ。ここは焼けた砂漠のようだ。息ができない。粘膜が粘膜にへばりつく。息を吸っても、何も入ってこない。空気がなくなってしまったみたいだ。

美穂、助けてくれ。美穂、ここに来てくれ。俺はここにいる、ここで苦しんでのたうち回ってる、頼むよ美穂、会いたいよ。

ぼやけた視界にその姿が浮かんだ。風邪を引くたびに、氷枕を持って駆けつけてくる美穂。目をまん丸にして、眉を八の字にして、自分のことなど二の次にして来てくれる美穂。病気になった俺が心配で心配でたまらない美穂。

今、ようやくわかった。

俺のやりたいことは、誰かを貶《おとし》めることなんかじゃなかった。どうしてこんな簡単なことに気づかなかったんだ？

かっこいい男になることでもない。強い男になることでもない。ましてや自分のバーを持つことでもない。

美穂だ。

俺は美穂と一緒にいたかったんだ。

ずっと不安だった。いつ美穂に嫌われるか、いつ美穂に空っぽだと見透かされてしまうか、怖くて怖くてたまらなかった。だから古谷さんみたいに悪い男になりたかった、だって古谷さんはいつも女に引っ張りだこだったから。美穂に好かれたかった、美穂の気を引きたかったんだよ。バーが欲しかったんじゃない。美穂に笑って欲しかったんだよ。

全部、全部美穂が好きだったからじゃないか。

俺は、なんて馬鹿だったんだ……。

「どうも、お世話様です。はい、こっち」

救急隊員が、誰かと会話をしているのが聞こえてくる。

「手荷物も一緒に。ほら。この鞄」

鞄が駿太のすぐ横に載せられる。がちゃんと重々しい音がした。

何でもいいから早くしてくれ。早く楽にしてくれ、苦しいんだ、俺は苦しいんだ。

手をうつろに動かし、ぜえぜえと喘《あえ》ぎながら、駿太は祈るような思いで念じる。死ぬもんか。ここで死ぬもんか。美穂に、今までのことを謝らなきゃ。そして伝えなきゃ。

何より大切なのは、お前なんだって。許して貰えるかどうかわからないけれど、それでも、伝えたいんだ。

細く目を開き、流れていく世界を見る。心配せずとも屈強な救急隊員の手によってストレッチャーは迅速に運ばれているのだが、ひどくじれったく思えた。

ふと、唐突にそれは現れた。

寝かされたまま、駿太は目を見開く。

何気ない景色だった。大きな白い病院の入口部分。数十メートルは離れていたが、すぐ目の前のようによく見えた。大きな自動ドアの横にアルコール消毒用のボトルが置かれ、脇には傘立て。入っていく人もいれば、出ていく人もいる。老人もいれば、子供連れの母親もいるし、車椅子の男性もいた。そんな人混みの中に、美穂がいた。

美穂は昔と同じだった。

初めてバイト先で挨拶した時と同じ、デートした時と同じ、喧嘩した時と同じ、そして最後に出ていった時と同じ、同じ顔、同じ身体。ただ、髪型だけが違った。

声は出ない。

美穂は病院から出ていくところのようだった。肩からハンドバッグを下げ、手には処方箋らしき紙を持っている。白い紙をひらひらさせながらこちらを振り返り、何か言ったようだった。

美穂。

駿太よりもずっとずっと美穂の近くで、美穂の方を見て、男が頷いた。男は美穂の処方箋を受け取り、ざっと眺めてから微笑み、それからしばらく考えるような素振りを見せたのち、手を差し出した。

美穂。

スチールのキャスターが、アスファルトの上を転がる音。地面の凹凸が、駿太を揺らしている。プラタナスの葉がまるでイルミネートされているかのように鮮やかに明滅していた。

美穂。

男は小奇麗なシャツとズボンを身に着けていた。地味だが、真面目そうな恰好《かっこう》だ。つぶらな瞳は、真摯《しんし》に美穂へと向けられている。美穂は男に向き合い、にっこりと笑った。

美穂。

二人とも躊躇った様子だった。だが、そっと手を繋ぐのが、はっきりと見えた。そして美穂は外の明るい光に向けて、一歩足を踏み出した。

美穂……。

でこぼこに歪んだ鞄が揺れている。中身がかちゃかちゃ音を立てている。時間にしてほんの数秒の光景は、駿太が救急科に運び込まれてからも網膜に焼き付いて消えなかった。

いつの間にか救急隊員の姿はなく、横には一人の医者が立ち、こちらを見下ろしていた。あたりを忙しそうに看護師が歩き回っている。

何事か話しかけられている。水中で聞く声のように、声は反響しながら脳に伝わってくる。

「危険な状態です、溝口さんの……呼吸機能が落ちていて……これから数日が山になります。万が一の……に備えて……」

まだ病院の入口を見ている気がした。目の焦点はそこにあり、身体は外にあるようだった。駿太は残像となった美穂の背中を見つめていた。二人、光に向かって歩く後ろ姿を、手も伸ばせずにただ見つめ続けていた。

声だけが聞こえてきた。

「……です。連絡しておきたいご家族、あるいは親しい方はいらっしゃいますか」

医師が意識の有無を確認するように、駿太を真正面から覗き込む。

顎が、わなわなと震えた。

まだ間に合うはずだ。

俺は心を入れ替える。少し時間はかかったけれど、美穂こそが一番大切な人だとわかったのだから。それを伝えるんだ。結婚したいと言う。お父さんへの挨拶だって、何だってするとぶちまける。美穂はそう言われるのを待っていたんだ。

美穂はきっと来てくれるだろう。あの男の手を振り払って、ぼろぼろの俺のそばに駆け寄って、俺の話を聞いてくれるだろう。美穂はそういう子だ、あの子は優しい子なんだ。

だからこんな俺のそばにずっといてくれたんだ。

自分の胸を、何かを確かめるように、あるいは何かを振り絞るように掴み、握りしめた。こうでもしないと、弱い自分に飲み込まれそうだったから。目の前が真っ赤に染まり、心臓の音が全身で響き渡る。決断の時だ。

美穂。俺は、お前のことが……。

「溝口駿太さん。万が一に備えて、会っておきたいご家族や、親しい方はいらっしゃいますか。会いたい方は」

目を閉じる。

「……母に……」

それだけ、ようやく絞り出す。

「お母さんだけでよろしいですか。他にはいませんか」

淡々と医者は質問を投げかける。

あまりに強く胸を掴んだため、手の感覚はほとんど消えていた。息を止め、何度も言おうとしては躊躇って、喘ぐたびに舌の先が泳ぐ。

駿太はゆっくりと、かすれた声で。しかしはっきりと医者に告げた。

「いません」

言い切った時、深く暗い絶望の穴に落ちていくようであった。恐怖に体はすくみ、言い知れぬ寒々しさが胸の奥から吹き上げる。

だが、目尻からは熱いものが顔の横を流れていた。

言えた。ちゃんと言えた。

医者が頷き、立ち去っていくのを横目で見る。

しゃくり上げると共に喉が震えた。空気が勝手に断続的に、胸から吹き出していく。

何事かと思っていると、ふう、ふうと無意識に声が出て、やがて瞳が火のように熱くなった。

駿太は目を閉じて、通り過ぎた光景を思い浮かべる。体に満ちた熱が、心地よく瞼《まぶた》の外へと拡散されていくのを感じながら。

日に照らされた美穂の笑顔が、何度も何度もいくつもいくつも暗闇の中に広がっていく。

美穂、笑ってた。幸せそうに、笑ってた。

どうか神様。美穂のことを、ずっとずっと、幸せにしてやって下さい。

駿太は祈りを込め、深く息を吐いた。頬を流れる温かい涙を、ただ一人静かに感じていた。

†

ずいぶん時間がかかってしまった。果たして間に合うだろうか。

駅からの道を足早に歩く。買い物袋を提げた主婦を追い越し、果樹園の合間を抜けて、ようやく桐子は武蔵野七十字病院に辿りついた。

信号待ちの間、道を一本挟んだ先の病棟を仰ぎ見る。

よく晴れた空の下、かつて勤務していた病院は白亜の城のように輝いていた。

すぐ脇のベンチから、声が聞こえてくる。

「薬、すぐにもらえて良かったね」

「うん」

見ると、若い男女が座っていた。バスを待っているのだろう。女性のハンドバッグからは薬の袋が覗いている。夫婦だろうか。互いに信頼し合っているように桐子には見えた。

「ね、そういえばさ」

男性がふと思いついたように言う。

「カタツムリっているじゃない」

女性が驚いたように顔を上げた。

「え？　うん……」

「いなくなったカタツムリって、どうしてるんだろうね」

「……どういう、こと」

女性は何やら、不安げに男性を見上げている。

「梅雨の間はそこら中にいるのに、こうして梅雨が明けると、どこにもいなくなっちゃう。まるで絶滅したみたいに。いつも不思議なんだよな」

反対側の青信号が点滅する。桐子は二人の会話を聞きながら、ぼんやりと信号を眺めた。

「……どうしてるのかな。心配だね」

「それだけ、違う生き物ってことなんだろうなあ」

「えっ？」

不安げに聞く女性に、男性は気楽に笑ってみせる。

「そもそも進む速さが違うもんな。一緒に歩けないくらい違う。だから人間とカタツムリは特定の時期に一瞬、出会うだけの存在。それ以上にはなろうとしても、なれないんだよ。これはもう仕方ないいんだ」

「何か、寂しいよ」

「そんな風に思わなくてもいいんじゃないかな。また梅雨になると、どこからともなく出てくるじゃないか。彼らもどこかで、精いっぱい生きてる。カタツムリって、俺たちが思うほど、弱くない」

「……そうかな」

「梅雨の間だけでも一緒にいられたことを、幸せだと思えばいいんだよ。俺たちが梅雨にカタツムリを見てちょっと嬉しくなるように、向こうもきっと何かを受け取ってる。出会えたことにきっと意味がある」

「……うん」

女性はしばらく俯いていた。男性はちょっと心配そうに女性を覗き込んでいたが、やがてバスが来た、と立ち上がり、女性の手を取った。二人は手を繋ぎ、ゆっくりと停車したバスに乗り込んでいく。

歩行者用の信号が青になり、電子音が流れ始める。桐子は歩き出し、あっと言う間に二人の横を通り過ぎた。
一筋の風が、病院前の街路樹を揺らす。
いつもと変わらない、平凡な晴れの日だった。

ＨＩＶの進行に起因するニューモシスチス肺炎、その急性増悪による衰弱で溝口駿太が息を引き取ったのは、それから三日後のことだった。

ずいぶん荒れた生活を送っていたらしく、不摂生により体力が衰えていたのがまずかったのだろう。本来であればそこまで一気に悪化することのない疾病だが、七十字病院で手を尽くしても彼を救うことはできなかった。本人もどこか諦めていたような、あるいは死を望んでいたような節があり、二日目に昏睡に入ってから、とうとう目覚めることはなく逝った。

北海道からはるばるやってきた母親は、「最後までバカばかりやって、このぼんくら息子が」と悪態をつきながら、肩を震わせて泣いていた。

†

「死ぬ病気じゃなかった」

福原はひどく不機嫌だった。金属と金属をぶつけ合わせるようにしながら硬貨を放り込むと、ボタンを連打する。転がり出た缶コーヒー二本を拾い上げると、おつりのレバーを叩いた。

「別に、僕はいいよ」

突き出されたスチール缶を、桐子は受け取らない。

「お前、金ないんだろ」

「だから水を飲むから、それでいい」

桐子はちらりと自動販売機の陰に目をやった。そこでは水道の蛇口が銀色に鈍く光っている。

「俺の方が気になるんだよ。いいから受け取れ」

強引に缶を手渡すと、福原はゆっくりと廊下を歩き、ガラス戸を開けて外に出た。

土砂降りだった。

七十字病院の中庭は、大きな木がいくつかそびえ立つばかりの殺風景な空間だ。一応ベンチやテーブルも置いてあるが、晴れた日ですらくつろいでいる者はほとんどいない。こんな天気では足を踏み入れる者すらいないだろう。

だからこそ、二人で話をするには向いていた。

水たまりを避けて壁の近くを歩き、かろうじて庇《ひさし》の下に位置するベンチまで進むと、福原は腰を下ろした。

「もっと早く対処すれば、何とでもなった。ニューモシスチス肺炎もそうだし、そもそもＡＩＤＳになる前に食い止められたはずだった」

福原がプルタブをひねると、微かな香気が飛び出した。副院長室のコーヒーメーカーとは雲泥の差ではあったが、どこか懐かしく心地いいこの匂い。それが雨の気配に消えてしまう前に、鼻をひくつかせる。

「そうだね」

壁に寄りかかった桐子が頷く。福原は声を荒らげた。

「お前は責任を感じないのか、桐子」

桐子は何も言わずに福原を見やる。

「お前があいつを無理にでも大きな病院に行かせていれば、もっと早くＨＩＶ陽性だとわかっていれば、アドヒアランスを持たせて服薬させていれば……結果は全然違っていたはずだ」

執着心《アドヒアランス》。医療用語におけるそれは、医者の言いなりにならず、患者が自らの意志で積極的に治療に関与するという概念である。患者がきちんと薬を飲み続けることが重要なＨＩＶ治療では、その有無が治療の成否を分けると言ってもいい。

「……だろうね」

「だろうね、じゃない！　これは敗北だぞ。医者にいつまでもかかろうとしなかった患者の弱さ。それから、お前の治療ミスによる敗北だ」

「長生きだけが患者の望みじゃないよ、福原」

「何だって？　お前は、もっと早くＨＩＶの可能性を考えなかったのか。治療上の反省点を聞いてるんだ」

「ＨＩＶの可能性は念頭に置いていたよ」

さらりと言う桐子。

「……まさか知ってて放置したのか」

「放置はしていない。ただ、彼がやりたいようにさせた」

「やりたいように？」

「彼の希望に沿ったんだよ。彼は治療を望まなかったんだ」

小さな、しかし鋭い音が中庭に響いた。福原が缶を握りつぶした音であった。

「……また、やったのか。この死神め」

「僕はもう七十字の人間じゃない。治療方針に文句を言われる筋合いはないね」

髪を指先でくるくると弄《もてあそ》ぶ桐子に、福原は怒鳴りつける。

「ＨＩＶは本人だけの問題じゃない。感染が広がる可能性があるんだ。事実、やつが救急搬送されたのは風俗店からだった。一歩間違えれば感染は拡大していたんだぞ！　それでも、お前は自分の判断が正しかったと言うのか」

「正しいかどうかは、僕にはわからない」

「何？」

「結局、信じることしかできないよ。人間は、その意思に任せれば良い方に進んでいくと。どんなにゆっくりでも、どんなに失敗しても、どんなに醜くても。最終的には良い方へとね」

「くだらない。性善説か」

「……というより、その人にとっての良い方向というものは、他人の僕には判断できないと思うんだ。ある意味、自分自身への不信から来るものさ」

地面に叩きつけられて跳ね回る雨粒を横目に見ながら、福原は投げやりに言った。

「じゃあ、今回はどうなんだ。患者はＨＩＶにかかり、生活が滅茶苦茶になったあげくに死んだ。彼は何か良い方に向かったのか？　彼は人生で、何かを得られたのか？　死んだんだぞ。救いなんてものが少しでもあったのかよ」

桐子はしばし沈黙してから、呟いた。

「希望はどこかにあったはずだよ。見つけられたかどうか、確かめるすべはないけれど」

「それもお前の信条というわけか。俺はそんなものを認める気にはなれないね。確かに、お前は七十字病院とは関係のない人間になった。安心だよ。うちの大切な患者に、お前は手出しできないわけだから」

しばらくの間、どちらも何も言わなかった。ずっと続いている雨の音を聞いているうち、耳の奥が麻痺してきそうだった。

「……もう行くよ」

桐子がそっと立ち上がる。

「コーヒー、ありがとう。あとで頂くよ」

白衣の懐に缶を仕舞い、桐子は福原に背を向けた。福原はふうと息を吐く。もはや患者について何も言うことはなかったが、ふと気づいて声をかけた。

「おい、袖」

「ん？」

「内側の袖。泥ついてんぞ」

指さした先を桐子が見て、頷いた。

「ああ……」

「衛生には気をつけろよ。一応医者だろう、お前でも」

「すまない。ここに来る前、死んだカタツムリを埋めていたものだから」

きょとんとする福原をよそに、簡単に土を払ってから桐子は歩き出した。

中庭を出て、廊下を歩き、入口を出る。ロータリーを回り、道路へと足を踏み出す。

白亜の城を出て、桐子は自分の居場所を目指して歩いた。降りしきる雨の中で一人、傘も差さず濡れるに任せて。

学生が頭の上に鞄を載せて走って行く。レインコートを着た親子が手を繋いで歩いて行く。

町はいつも通り、死も生も飲み込んで脈動し続けていた。

第二章　とある母親の死

桐子が帰って来たころには、日はとっぷりと暮れてしまっていた。

二階の明かりはすでに消えている。桐子医院と手書きした看板は外からは灰色の四角にしか見えない。神宮寺もとっくに帰ったのだろうと思いながら歩いていると、ビルの入口付近に人影が見えた。

「あれ。まだいたのか」

「これから帰るところです」

私服姿の神宮寺がぺこり、と頭を下げた。金のレースで縁取られたチュニックと黒のプリーツスカートは、古びた雑居ビルとはいかにも不釣り合いであった。

「溝口さん、亡くなられたんですってね」

「うん」

桐子は集合ポストの前に立つと、二〇一号室と書かれた郵便受けを開く。さびついた音が響いた。中身はほとんどチラシのたぐいだ。

「どんな気分ですか。桐子先生」

「気分と言われてもね」

「少なくとも落ち込んではいないようですね。悔しがってもいない」

「彼は彼なりに、思う通りに生きたんだ。その死を僕がどうこう言うようなことはしたくないよ」

「そんなものなんですね。桐子先生にとっては……」

神宮寺がどんな答えを期待しているのかわからなかったし、推し量るつもりもなかった。桐子は黙ってチラシ類を手に取り、選別する。ハガキ一枚だけ抜き取り、残りは共用のゴミ箱に捨てた。

「桐子先生は、昔からずっとそうなんですか。患者さんに対する態度は変わらないんですか。一番最初の患者さんから、ずっと……」

ハンドバッグの紐をぎゅっと握りしめたまま、心の奥を探ろうとするように、神宮寺がこちらを見ている。一番最初の患者さんか。しばし目を閉じてから、桐子は答えた。

「たぶん、そうだと思うよ」

「そうなんですか」

「じゃあ、僕は読みたい本があるから、これで。お疲れ様」

「待ってください。伝えておきたいことが」

話を切り上げて階段に向かおうとする桐子に、神宮寺が食い下がった。

「わかっていないと思うので改めて言いますが、桐子医院を開いてからすでに半年が過ぎました。来た患者さんは三人だけ。例のＨＩＶの方、擦りむき傷の方、それから火傷の方。総売り上げは二千円ほど。現在の支出、家賃や桐子先生の生活費を考えると、現状は相当厳しいです」

「何」

どうするつもりですか、と言いたげだったが、桐子は端的に答えた。

「わかった」

まだこちらを見ている神宮寺を残して、桐子は部屋へと引き上げた。


電気のスイッチを入れると、蛍光灯が白い光をまき散らす。節約のため最低限の光量にしてから、ポケットからスチール缶を取り出した。福原から貰った缶コーヒーだった。あとで飲むとしよう。缶をそっと本棚の脇に置き、今度はハガキを手に戸棚に近づく。そして三番目の引き出しを開いた。

そこには文房具などと一緒に、歯磨き粉チューブほどの大きさのプラスチックケースが入っている。手に取ると見かけよりは重い。中に薬剤と、太い針が詰まっているためだ。アドレナリン自己注射薬。エピペンと商品名が印刷されたそれを、その使用期限切れを告げるハガキと一緒に、机に置いた。

エピペンには使用期限がある。期限が過ぎれば使わなくても返却し、新しいものと交換しなくてはならない。神宮寺は知らなかったが、桐子の元には定期的に時の流れを告げる鳥が訪れ続けている。

薬缶で湯を沸かしながら、桐子は机の洋書を取った。栞《しおり》を開いて読み始めるが、いまいち頭に入ってこない。なぜかと自問するうちに、先ほどの神宮寺の言葉が気になっているのだとわかった。

ふと本から目を離し、ぼんやりと窓の向こうを見る。

一番最初の、患者さんか——

薬缶が音を立て始める。その不規則なリズムと、澱《おり》が沈殿しきったような外の闇の間で、静かに桐子は思いを馳せる。

彼女の姿は、今でもありありと思い出せる。

死なないはずだった彼女を。

†

気付くと入院しているということが、桐子が小さい頃にはよくあった。

いつからここにいるのだろう。いつから僕はこうしていたのだろう。

目を覚ましてすぐ、そう考える。だがこの時点ですでにある種の予感はある。起き上がってようやく、ベッドに寝かされていたことを知る。家では布団だから、自宅ではありえない。すぐ横に大きな窓。カーテンの隙間から青みがかった朝日が差し込み、空気中の微小な埃をスパンコールのように輝かせている。歌うような鳥の声は下の方から聞こえた。高層階のようだ。室内の空間は細かくカーテンで仕切られている。ここは大部屋らしい。壁にかけられた無骨なデザインの時計は、四時少し前を示している。

ああ、またか。

青と白のボーダー模様のパジャマから飛び出た、細くて白い自分の腕。テープで白いガーゼが留められ、その下から点滴のチューブが伸びている。点滴台の脇のパイプ椅子には母親が座り、疲れ果てた様子で眠り込んでいた。

桐子は昨晩のことを思い出した。肌寒かったのでタオルケットを肩までかけた直後だった。少しずつ喉が痒くなりはじめ、咳が止まらなくなり、やがて気管が固く強《こわ》ばり、意識が遠のいていく。母親が部屋に飛び込んできて、桐子を抱いて駆け出した。父親が起きてどこかに電話をかけはじめ、その間苦しむ桐子の手に、飴玉が一つ手渡された。青く不透明な、サイダー味の飴玉だった。それを口に入れて舐めると少し落ち着いたが、すぐに胸の奥から発作が湧き上がる。溶岩が大地を突き破って噴出するように咳が溢れ、飴玉はどこかに転がっていった。声が聞こえ、桐子は上着を着せられる。そして手を引かれるまま、白い車に乗り込んだ。そこから先の記憶はない。

今日も小学校には行けないな。

大した感慨はない。なぜなら、これは桐子にとって日常だったから。嘆息すると、桐子は仰向けに寝転んだ。一人で静かに時間を潰すことには慣れている。学校の天井と同じトラバーチン模様をぼんやりと見つめた。連なる黒い斑を岩礁になぞらえ、軽快に抜けていく船を想像する。端まで行ったら、またもう一方の端を目指して、船は走り続ける。秒針が微かに、かちかちと鳴っていた。

「また夜に来るからね」

そんな言葉を夢うつつに聞いたような気がする。いつの間にか、桐子は病室に一人残されていた。初めのうちは棚に置かれていた本を読んだり、車の玩具《おもちゃ》を弄《いじ》り回したりしていたが、やがて飽きてしまう。ベッドから出てスリッパを履き、点滴台をからからと押して、桐子は歩き出した。

規則正しく並べられたベッドには、人間が載っかっている物もあれば空っぽの物もある。患者たちはまるで機械の一部のように点滴を繋げられ、寝かされていた。この大部屋は女部屋らしい。ベッドが足りない時、子供だからという理由で女部屋に入れられることはよくあったが、やはり少々落ち着かないものがある。誰とも目を合わせないよう、誰にも話しかけられないよう、俯いたままナースステーションの前を抜けた。消毒薬臭い廊下の奥のトイレに入る。用を済ますと今度は自販機コーナーに向かい、意味もなくジュースのラインナップと、明滅するボタンを眺めた。

最後に娯楽室の椅子に座り、並んでいる絵本の背をつまらなそうに指先でなぞる。傷んでボロボロで、垢《あか》ともゴミともつかぬ汚れが付着していた。タイトルは「かちかちやま」。

「へえ、娯楽室まであるのね。退屈しないように考えられてるのねえ」

能天気な声に、桐子は視線を上げる。

「こちらが自販機コーナーになりますね」

「色々そろってるのねえ、大病院は凄いなあ」

看護師に連れられて、私服の中年女性が院内を案内されているようだった。今度入院する子供の母親だろうか。高くて張りのある声が耳障りだった。溜め息をつき、声の方向に背を向ける。

その時、偶然爪の先が絵本の表紙に触れ、跡がついた。それをしばらく見つめているうちに、悪戯《いたずら》心が顔を出す。桐子は自分の手を大きく広げ、表紙に爪を立て、五本の指でぐいと引いてみた。

「あ、こら、君！」

突然背後から響いた声に、桐子は驚いて飛び上がる。振り返ると、あの女性がにこにこしながらこちらを見下ろしていた。

「見てたぞ。みんなで使う本に悪戯なんかして。あーもう、しっかり残っちゃってる」

女性は額の前に垂れる黒髪を流麗に小指でかき上げながら、絵本を手に取ると、表面を軽く撫でた。近くで見ると、案外に綺麗な人だった。

「今回は黙っておいてあげる。けど、次からはだめだよ」

人差し指を口に当てて囁く女性を、桐子は無言で見つめる。

どうしてこんな下らない悪戯をしてしまったんだろう。おかげでお節介な人に話しかけられてしまった。

できるだけ関わり合いになりたくなかったので、桐子は「ごめんなさい」と素直に言い、軽く頭を下げた。そして相手の反応も見ないまま、絵本を小脇に抱え、ぺたぺたとスリッパを鳴らしながら自分のベッドへと戻った。

カーテンで自分の空間を切り取ると、ずっと抱きかかえたままだった絵本を、ぽんとシーツの上に放り出した。

何をやってるんだ、僕は。

桐子は深く息を吐き出しながら、表紙に刻まれた傷をぼんやりと見た。時折表面を撫でながら、しばらく眺め続けた。

†

四年生になったら今度こそ楽な係を選びたい。

同じクラスのユイと違い、カズが生き物係になったのは単にじゃんけんで負けたから だった。動物はどちらかと言えば好きな方だが、世話を終えるまで帰れないのは嫌だ。

「ねえ、カズ君もそう思うでしょ」

はっとカズは瞬きする。途端、給水器を手離してしまった。蛇口からの水流に負け、円筒形をした透明なプラスチックが、流しの中を運ばれていく。

「もう、何ぼうっとしてるの。私の話、聞いてた?」

ユイが「てをあらおう」と書かれた札の前あたりで給水器をキャッチしてくれた。もう一度洗い直しだ。ごめん、とカズは頭を下げた。綺麗に磨いた後に蓋をして水を詰め、二人は教室に向かって歩き出す。

「だからね、もちおが可哀想だから、別のケージにした方がいいと思うの」

ユイはまるで家族のようにその名前を呼ぶ。カズはクラスで飼っているハムスターのことなど、正直どうでも良かった。もっと大きな心配事があるからだ。そうだね、と生返事をしながら教室に入る。窓際に置かれたケージを、ヨシダたちがぐるりと囲んで何か騒いでいた。外からは、授業で育てたヒマワリがこちらを覗いている。

「何してるの！」

ユイが弾かれたように駆け出した。ヨシダが持っていた細い木の棒を取り上げ、肩をいからせて男子たちの前に立ちはだかる。

「ハムスターをいじめちゃだめだよ。これで、何してたの」

「別に。ただお化けハムスターを、元に戻してやろうと思ってさ」

ヨシダたちは悪びれもせずに答える。

「棒で潰したら、治るかなって」

「そんなわけないでしょ。玩具にしないで」

お化けハムスターとは、もちおと名付けられた雄のことだった。元々は多少太り気味なだけで仲間同様可愛らしい姿だったのだが、いつからか右目のあたりが膨らんで爛《ただ》れ、ひどく醜い姿になってしまっていた。いつも仲間から距離を置かれ、児童からも不気味がられている。

「もちおは病気なだけ。お化けなんて言わないでよ、可哀想でしょ」

「だって気持ち悪いじゃん」

ヨシダが吐き捨てるように言うと、ケージの中でもちおがかさかさと揺れた。片目の飛び出したその姿は、古典的な妖怪を思わせる。

「病院に行けば治るもん」

「先生は、こうなっちゃうとどうしようもない、って言ってたぞ」

「だけど、大きな獣医さんに行ったら治るもん！」

「じゃあ、早く治して貰ってこいよ」

ユイは言い返せず、ほとんど涙目になってヨシダを睨んでいた。

「それが無理なら、捨てちゃえよ。ハムスターなんてすぐに買えるんだしさ。俺、こいつ見てると、気分悪いんだよね」

そこまで言わなくても、とカズは思ったが、クラスの中心的存在であるヨシダにひと睨みされると、慌てて目を逸らすことしかできなかった。

「早く掃除終わらせちゃお、カズ君」

ユイはそう言い、ヨシダたちに背を向けて給水器を取り付け始める。次に空っぽのケージを横から運んできて、もちおをそこに移した。

「カズ君、そっち、押さえといて」

何か作業するたび、ヨシダたちが「うえー、触ったぞ！」「そのまま、逃がしちゃえよ」などと声を上げる。背後からの視線を感じながら、ただカズはケージを支え、ユイの作業を見守った。

たった一人隔離され、よろよろと左に傾きながら蠢《うごめ》くハムスターの姿は、カズの目から見ても不気味だった。果たしてこれが治るものなのだろうか。とてもユイと同じように願い、信じることはできなかった。

ハンバーグ、鶏の唐揚げ、ステーキ。食卓には香ばしい匂いが漂っている。カズの好物ばかりだった。

「凄いごちそう」

「ふふ。お母さん、頑張っちゃった」

「でも、とても食べきれないよ」

「食べられる分だけ食べればいいじゃない。余ったらタッパーに入れておくから。しばらく作ってあげられないしね」

母親は上機嫌だったが、カズの気は重かった。特別な料理が出てくれば出てくるほど、かえって明日からのことを思って辛くなる。だが母の気持ちに応えたくて、頷いた。一緒に手を合わせ、いただきます。カズは唐揚げを取って頬張った。カリカリの衣の下から熱い脂が溢れ出して、思わずはふはふと息を吐く。

そんなカズをじっと見つめながら、母が聞いた。

「学校はどう？」

「うん……まあ」

うわの空で答えてしまったことに気が付き、慌てて「楽しいよ」と付け加える。

「良かった」

母親は嬉しそうに笑い、自分のお皿におかずを盛り付けた。だが、食べずにカズの顔ばかり見ている。

「……どんな病院だったの。見てきたんでしょ、今日」

母親はカズの不安を取り除こうとしてか、やけに明るい声で答える。

「いい病院よ。前のとこよりも大きいし、綺麗でね」

「そうなんだ。なら、いいけど」

「そうだ、カズと同じくらいの年の子もいたなあ」

「ふうん」

カズはステーキを小さくカットし、口に運んだ。いい肉なのはわかったが、今の気分にタンパク質と脂肪の塊は重すぎる。異物でも飲み下すように無理矢理胃に送ると、今度はサラダにフォークを伸ばす。

「お母さんが入院するの、不安?」

母親に覗き込むように聞かれ、カズは正直に俯いた。

「うん……寂しいよ」

「ごめんね。少しの辛抱だから。すぐに元気になって帰ってくるから、ね」

慰められると、どうしていいかわからなくなる。一番大変なのはお母さんなのに。カズは眉間に皺を寄せ、ドレッシングもかけずにレタスの塊を口の中に押し込んだ。

癌。

病名だけは、カズも聞かされていた。

なんて不気味な響きなんだろう。なんて不気味な形の漢字だろう。

難しいことは知らないが、学校の保健室に行くような理由——擦り傷や貧血とは、全く異質の病気だということくらいは、カズにだってわかった。

下唇がぷるぷる震える。それを押さえつけようとして、歯で噛む。ゴムみたいな歯ごたえと、まだ口に残っているステーキの血の風味。そっと頭を撫でてくれる母の手の温かさ。

世界が遠ざかり、一瞬、母親とカズの二人っきりで浮遊しているような気分になる。

「大丈夫だよね。ちゃんと今度こそ治るよね」

「もちろん！」

母親は即答する。元気づけられ、カズも少しだけ笑った。

その時、ブザーの音が食堂に響いた。

「あ、お父さんだ」

母親が席を立って玄関に向かう。カズも慌ててフォークを置き、立ち上がった。

「お帰りなさい」

カズと母親は、玄関先で父親を迎える。

「ただいま」

いつものように眉間にしわを寄せ、むっつりとした顔で父親は言うと、母親に鞄とジャケットを渡し、差し出された部屋着に着替える。それから食卓に目をやるなり、不快そうにつぶやいた。

「こんな脂っこいものか。今日は疲れたんだ。なんかさっぱりしたものないのか」

お母さんは明日から入院だというのに、何も今そんなことを言わなくても。カズは思ったが、母親はにこやかに応じた。

「じゃあ、酢の物でも作りましょう」

せめて手伝いでもしよう。台所に向かった母親の後を追い、カズは冷蔵庫からビールを取り出した。何か特別なことでもない限り、父親は必ず晩酌をする。

「あ、カズは座っていいよ。私やるから」

「ううん。俺、やる」

ビールとグラスを持って行っても、完成したワカメとキュウリの酢の物を運んでも、父親は低い声で「おう」と言うだけ。頭を撫でてくれるわけでもなければ、カズの学校の話を聞こうともしない。もちろん、母親をねぎらったりもしない。

父親は昔からそうだったし、父親とはそういうものだとカズは諦めていた。

三人で夕食を摂る。ほとんどいつもと変わらない風景。だがカレンダーに記された赤い丸は、とうとう入院が明日に迫ってきていることを示していた。この家は、カズと父親の二人になる。

†

翌日。

カズが朝食を終えるより早く、父親は支度をして出て行った。顔を洗い、リコーダーの袋を忘れないように放り込んでから、ランドセルを背負ってカズは振り返る。玄関で、エプロンをつけた母親がにっこりと笑っている。

「気をつけて行ってらっしゃい」

いつもと同じように手を振るその姿を、カズは目に焼き付ける。玄関マット。並んだ靴。棚に置かれた牛みたいな形の置物。カズが作った折り紙の鶴。傘立て。そして――お母さん。

こうして手を振ってもらうのはしばらくお預けだ。

「行ってきます」

長い時間をかけてから、カズはそう言った。

「ごめんね、チクッとしますよ」

謝罪の気持ちがあるとは到底思えない手つきで、針が入れられる。手の甲に鉄の棒が突き刺さるなんて、考えるだけで鳥肌が立ちそうだが、毎回怖がっても疲れるだけだ。桐子は諦めの境地で、赤いものが透明のチューブの中を泳ぐのを、ぼうっと見つめていた。

「よし。入った。良かった」

若い看護師はほっとしたように笑って額の汗を拭う。桐子も同感だった。右の腕で二回試して血管にうまく入らず、左の腕でもだめ。結局手の甲に点滴のチューブを繋げられる。うんざりだった。

「血管が細くて見づらくてね、ごめんね」

黙って桐子は首を横に振った。

そんなことを言われたって、体に不良品の烙印を押された気分になるだけだ。でも、悪意がないのはわかっている。だから何も言わない。

そんな桐子をいじらしそうに看護師は見たが、すぐに次の患者の方に向かっていく。病院のスタッフはみな、いつも忙しそうだ。

吊り下げられた透明の点滴筒の中に、透明な液体がぽつ、ぽつと落ちる。そのたびに水面がかすかに震え、時折小さな飛沫《しぶき》が内側に付着する。

あれは何なんだろう。何を体の中に入れているのだろう。入れないと生きていられないとするなら、僕はどうして生きているのだろう。

どきん、どきんと、刺さった針の周辺で皮膚が震えているのがわかる。心臓が血液を体中に送り出している。僕の体は生きようとしている。

どうしてそんなに頑張る。

桐子はそっと自分の体に聞いてみたが、もちろん答えは返ってこない。

ふと気がつくと、カーテンの向こうに女性が立っていた。やや遠慮がちに、こちらを覗いている。桐子と同じ薄青色の病衣を着ているので、看護師ではなく患者だった。

目が合うと、相手は笑った。

「こんにちは。隣のベッドに来た者です、ちょっと挨拶しようと思って」

「あ……はい」

体を起こして、はっと息を呑んだ。相手も気づいたらしい。目を輝かせて、にやっと笑う。

「あ。イタズラ小僧だ」

昨日、絵本に傷をつけたのを注意してきた女性だった。入院するのはあなたの家族ではなく、あなた自身だったのか。

「私、絵梨《えり》っていうの。よろしくね。ふうん、桐子君っていうんだ」

女性から畏《かしこ》まった様子が消え、勝手に桐子の氏名プレートを読んでうんうんと頷く。子供だからといって急に距離を詰めてくるこういう大人が、桐子は苦手だった。

「よろしくお願いします、絵梨さん。では」

角が立たぬよう会話を終わらせようとしたが、絵梨は呑気に笑っている。

「私にもね、君くらいの息子がいるんだよ。桐子君は、今、何年生かな」

「四年生です」

「じゃ、カズの一つお兄さんだな。遊びに来たときは、友達になってあげてね」

「はあ」

ここをどこだと思っているのだろう。病院だぞ。妙な感じだった。昨日もそうだったが、絵梨からは病人特有の悲壮感が伝わってこない。まだ病気になってから日が浅いか、あるいは軽い病気なのだろう。

「じゃ、これから一緒に闘病、頑張ろうね！」

そうでなければ、こんな言葉を口にできるとは思えない。頑張ったってどうにもならないのが、病気なのだから。

桐子の冷めた視線に気づかぬまま、絵梨は隣のベッドにも挨拶に行った。患者同士で馴れ合ったって意味なんてないのに、どうしてそんなことをするのだろう。全く理解できない。

でも、僕には関係のないことだ。

桐子は脇から本を取り、文章に目を落とした。

†

ランドセルを誰もいない家の玄関に投げ出すと、すぐにカズは自転車に飛び乗った。力一杯ペダルを押し込んで、急な坂を駆け上がる。土手に出てターンし、海岸沿いの道をひたすらまっすぐ走る。梅雨は明け、夏の太陽が光り輝いている。靴を脱いで砂浜を歩く子供の姿と、寄せては返す青い波が見えた。全身が汗だくになる頃、左手に延々と続いていた防砂林が突如として途切れ、真っ白な建築物が姿を現す。

浜海病院だ。

タイル張りの自転車置き場に滑り込み、自動ドアをくぐる。特有の香りのする涼しい風がカズの肌を撫で、古ぼけた蛍光灯が明滅する。外はいい天気なのに、ここは妙に薄暗い。受付の事務員が一瞬こちらに目をくれたが、カズはすぐに階段に入り、一段飛ばしで上り始めた。

「お母さん」

「あら、来てくれたのね」

カーテンを開けると、テレビを眺めていた母親がこちらを向いた。嬉しくて嬉しくて、勝手に口が笑ってしまう。カズは駆け寄りながら聞いた。

「どう、具合は？」

「うん。いい感じよ」

思ったよりも元気そうだ。肌の血色は良く、声にも張りがある。点滴針を外さないよう注意しながら、カズは母親に抱きついた。懐かしい匂い、懐かしい温かさ。母親がそっと頭を撫でてくれる。しばらく堪能してから、顔を上げた。

「俺、ここで宿題していいかな」

母親はくすくす笑った。

「いつもはやれと言ってもやらないくせに、どういう風の吹き回し？」

「たまには俺だってちゃんとやるさ」

本当は少しでも母親のそばにいたいからだが、ちょっと照れくさくてカズはそう答えた。

ドリルとカンペンをベッドテーブルに並べ、漢字の練習を始める。たどたどしく文字を繰り返し書き付けるカズを、母親は微笑みながら見つめている。

「学校はどう？」

「みんな夏休みどうするかとか、そんな話ばかりしてるよ」

カズは黒鉛で汚れた腕を気にしながら言う。

「そっか、そういえばもうすぐ終業式ね」

「家族でヨーロッパに行くからって、一足先に休んでる奴もいるよ」

「へえ、いいなあ」

「うん……」

宿題に指定されていないページまで漢字ドリルを進め、母親の出してくれたお菓子とジュースを口にしながら話をしていると、あっという間に時間が過ぎていく。ふと母親が口にした。

「カズも、どこか行きたいところある？」

ぎょっとして母親の顔を見返した。どういう意図なのかわからなかった。

「すぐには無理だけど、退院したらみんなでどこか行こうよ」

カズはおそるおそる聞く。

「……いいの？」

「もちろん」

「でもお母さん、その……病気が」

いつだってそれが理由だった。病気だから、入院だから。カズは両親とどこかに出かけたことがほとんどない。覚えがあるのはせいぜいデパートへの買い物くらいで、遊びに行くとか、一泊旅行とかは別の世界の話だと思っていた。それでも我慢してきた。最近では望みもしなくなった。

だってお母さんが元気になることが、一番大切だったから。

不安げなカズに向かって、母親はにっこり笑ってみせる。

「大丈夫。ひょいっと治しちゃうからさ。お母さんも、カズとどっか行きたいな。いいとこ知ってる?」

カズは思わず身を乗り出した。

「じゃあさ、遊園地は?」

返事を待つ間、どきどきした。

遊園地は、カズにとっては憧れの地だった。どうやらとても楽しい場所らしい。クラスメイトが自慢げに学校に持ってくるお土産のペンですら、魔法のようだった。二色の光が点いて、くるくる風車が回るのだ。そんな安物のペンより、いい鉛筆の方がずっと価値があると父親は言っていたが、カズの耳には入らなかった。

自分は一生遊園地とは縁がないのだろう。仕方がないから、遠くから見ていよう。友達のペンを時々触らせて貰うだけで満足しよう。そう思っていたところに降って湧いた話。本当にいいんだろうか。ダメだったらいいよ。別に俺、もう諦めてるから……。

「いいね、遊園地行こっか」

母親はさらりと言った。

「よし。この夏は絶対治って、遊園地に行くぞ。約束する。随分久しぶりだなあ、遊園地なんて」

「お母さんは、行ったことがあるの？」

「ずっと昔にね。また津名遊園地、行きたいな。お父さんにも今度話してみるよ。よーし、そのためにも頑張らないとねっ」

どうやら、本当に行けるらしい。

胸の奥からしみじみと喜びがわき上がってきて、あっという間にカズの全身に広がった。

「やったあ！」

思い切り叫んで飛び上がってから、ここが病院だったを思い出す。まずい。慌てて横のベッドを見ると、読書中の少年がちらりとこちらを睨んだようだった。

「ごめんね。騒がしくしちゃって」

母親が申し訳なさそうに頭を下げた。

「いえ」

少年はぼそりと言うと、こちらに背を向ける。カズは彼をぼうっと見つめた。自分と同じくらいの年齢のようだ。皮膚は白く、痩せていて、いかにも不健康そうである。

あいつは遊園地、行ったことはあるんだろうか。

一瞬そんな考えがよぎった。だが再び母親と話しているうちに、そんなことはどうでもよくなった。頭の中は遊園地でいっぱいになっていたからだ。

病室を出て、夕焼け空の下を自転車で走っている間も、カズは自分が母親と一緒に遊園地で遊んでいる姿ばかり思い浮かべていた。想像の中でお母さんは元気いっぱいだった。貧血になることもないし、突然寝てしまうこともない。病院になんて行かなくてもいい。

遊園地よりも、そんなお母さんの姿が嬉しかった。

†

ようやく隣の見舞客が帰り、部屋が静かになった。桐子はベッドに座ったまま、ぼんやりと窓の外を眺めていた。

きらきら輝く砂浜に、波が何度も寄せては返す。少年の乗った自転車が一台、海沿いの道を遠ざかっていく。どこまでも続くような巻雲の下、赤から紫に変わっていく光に照らされて、滑るように走っていく。ガラス板一枚向こうの景色は、映画のスクリーンのようだ。やけに叙情的に美しく、そして恐ろしいほどにリアリティがない。

手の届かない現実は創作と変わらないのだ。向こう側の人間にとって、それがどんなに何気ない日常であるとしても。

桐子は二、三回咳き込んだ。喉の奥が痒く、熱を持っている。息を吸おうとするたび、喘鳴《ぜんめい》が聞こえてくる。酸素が入ってこない、入ってこないと気管が悲鳴を上げているのだ。走ったら十メートルも行かないうちに倒れてしまうだろう。

ふと、隣のベッドに目をやった。横になっている絵梨と目が合った。

「騒がしくてごめんね」

その声には明らかに疲れが滲んでいた。「いえ」と桐子は返す。絵梨が隣のベッドにやってきてからのこの数日、挨拶以外の会話をしたことはなかった。絵梨が話を振ってきても、意図的に受け流していたのだ。だが、今日はあえて桐子から聞いた。

「遊園地の約束は、子供のため？」

絵梨はきょとんとしている。

「子供が可哀想だから、そうして明るく、何でもないことのように振る舞ってるの？」

困ったように微笑むばかりで、絵梨は答えない。しばらく沈黙だけが続く。二人の間に漂う埃が、まるでダイアモンドのように輝いている。

「気持ちはわからなくもないけど、そういうのやめた方がいいよ」

桐子は俯き、思うままに言葉を続けた。

「子供って、大人が思っているほど馬鹿じゃないから。嘘や気休めを言ったところでいつかばれる。その時、傷つくのは相手だよ」

「私、嘘をついているように見える？」

絵梨に聞かれて、桐子は頷いた。

「実際に、ついてるじゃないか。絶対治るだとか、約束だとか。そんなことは無理だよ。人間はそういう生き物じゃない」

「でも、治るために私も、桐子君も、病院にいるんでしょう」

「違うよ。絵梨さんはまだ知らないのかもしれないけれど、治っていく人間なんてほんの一部だ。ここは、治るための場所じゃない」

「じゃあ何なの」

「だから、気休めだよ。ここここそが、嘘と気休めなんだ」

話しているうちに、どんどん桐子の口調は冷たいものになっていく。それに自分でも気付いていたが、抑えることはできなかった。

「そのための場所なんだ。そう、わかった上でいなくちゃいけないんだ。医者の言葉を真に受けて信じたりしたら、裏切りが待っているだけだよ」

——僕のようにね。

そう心の内から聞こえ、桐子ははっと目を見開いた。そして、大きな溜め息をつく。

何をやっているんだ、僕は。

「ごめん。何でもない」

「桐子君は、医者や病院が嫌いなんだね」

「うん、大嫌いだよ」

吐き捨てるように言った桐子に、絵梨はあくまでも優しく語りかけた。

「ねえ、桐子君はどんな病気でここにいるの」

「アレルギー」

一呼吸おいて、付け加える。

「僕の体は、この世界のこと全部、嫌いなんだ」

†

家に帰ったカズがまずやることは、家事だ。

洗濯機に洗剤を入れてスタートさせ、風呂の栓を抜き、家中のゴミをビニール袋に集めて回り、袋にまとめて裏庭に置いておく。

ゴミの日は火曜日だから、忘れないようにしないと。あ、そろそろ風呂の水が抜けた頃だ。スポンジを取り、湯船を磨く。父親が帰ってくるまでに風呂を準備しておかなくてはならない。

いいペースで作業が進むと、達成感が湧いてくる。

最初に家事をしたのは四年前、母親が初めて検査入院したときだった。その時はお婆ちゃんが手伝いに来てくれ、カズはゴミ集めだけをやっていたが、少しずつ色々な家事を習い、覚え、できるようになってきた。

毎年、母親は何度か入院する。長いときは二か月、短いときでも一週間。極端に悪くもならないが、治りもしないという状態がずっと続いている。寂しくないと言ったら、嘘になる。

友達のお母さんはいつも家にいる。一緒にキャッチボールしてくれるお母さんだっている。母親が入院しているのは、聞いた限りクラスではカズだけだ。

いつも、治るからねと言って入院していくのだ。だけど退院して少しするとぶり返して、逆戻り。お医者さんは何をやっているのだろう。病気を治すのがお医者さんなのに、ちゃんと仕事をしているのだろうか。心配でたまらなかったが、笑顔を絶やさずに病院に向かうお母さんの姿を見ると、そんなことは言えない。いつもカズは一人、不安を噛みしめなくてはならない。

気づくと、手が止まっていた。

カズは再び手に力を込め、風呂の内側を擦《こす》っていく。聞こえてくる洗濯機の音で、そろそろ脱水だとわかった。後は乾燥機に入れて干すだけ、順調だ。我ながら家事が上達しているのを感じたが、その反面ひどく虚しい気持ちもあった。

ぱん、とスポンジをタイルに叩きつけた。

弱気になるな。遊園地に行くって約束したじゃないか。お母さんが一番大変なのに、俺がこんなんじゃダメだ。頑張らなきゃ。

必死に自分に言い聞かせ、カズは浴槽の泡をシャワーで流した。

†

「アレルギーって、とろろを食べると口が痒くなるとか、そういうのだよね」

「うん」

「桐子君は、何にアレルギーがあるの?」

桐子は口を開くのを躊躇《ためら》い、俯《うつむ》いた。きちんと説明すれば長くなる。わかってもらえなければ悲しい。仮にわかってもらえたとしても、変な同情だけ寄せられるのは勘弁だ。

「色々」

「色々って、たとえば何」

「食べ物とか」

「具体的に、どんな食べ物」

桐子は言葉少なに受け流そうとしたが、絵梨はめげずに聞いてきた。仕方ない。最初に話を振ったのは僕だ。桐子は諦めて、絵梨の方を向いた。

「思い浮かぶものはほとんど全部。牛肉、豚肉、鶏肉、穀物だったら米、大豆、小麦、それから鶏卵に牛乳、オレンジやリンゴ、バナナ、桃……」

さすがに絵梨も驚き、のけぞった。

「そんなにたくさん？」

「全部が全部、食べると致命的ってわけでもないけどね。ものによっては危険で、ものによっては避けた方がいい、と決まっているんだ」

「でもそれじゃ、まともにご飯が食べられないじゃない」

「そうだよ」

桐子は溜め息をつく。

「僕が食べるのはカエルの肉とか、トウモロコシのパンとか。おやつはゼリーとか、寒天だよ。ステーキとか唐揚げとか、シュークリームって……美味しいらしいね」

「じゃあ、給食なんかはどうしてるの」

「お弁当。友達の家に遊びに行くときも、僕だけおやつを持参するのさ。仕方ないんだ。草だけ食べる動物と、肉だけ食べる動物がいるみたいに、僕の食べ物はみんなとは違う。それに、アレルギーは食べ物だけじゃないよ。ダニとか、ハウスダストとか、動物の毛なんかもまずい」

「ハウスダストって何？」

「その辺に飛んでる埃」

桐子はぼんやりと部屋の中で光っている粒を目で追う。

「今回入院した原因も、ハウスダストなんだ。普通に布団の中で寝ていただけなんだけど、気づかないうちに埃をいっぱい吸っていたみたいでね、気づいたら発作が起きてた。喉の奥、気管の内側が腫れ上がって、パンパンになるんだ。ひどいとそのまま窒息して死んじゃうんだって。自分で自分の首を絞めるなんて、わけわかんないよね」

アナフィラキシーショック寸前だった、とはあえて言わなかった。自分の知らない単語を子供が使うのを、大人は嫌うものだから。

「発作がいつ起きるか、わからないんだ。その日の体調によるのかな。平気な時もあれば、ダメな時もある。動物もね、犬を撫でてもどうってことのない時もあれば、動物園のふれあいコーナーでモルモットを触った後、白目が膨れ上がっちゃったこともある」

こんな風にね、と桐子は自分の眼球の前で拳を握ってみせる。

「たぶん動物を触った手で、目を擦ったのが悪かったと思うんだけど。真白になった視界の片隅で、みんなが僕を見て怖がっているのは、ちょっとした見物だったよ。自分では何が起きてるのかわからなかったからね」

今でもあの光景はありありと思い出せる。嫌な記憶だったが、できるだけ淡々と言った。悲しんでみせたって何にもならない。

絶句している絵梨に、さらに桐子は告げる。

「まだあるよ」

「まだあるの」

絵梨の鸚鵡《おうむ》返しに頷く。

「新しく、アレルギーが増えることがあるんだ。卵なんて、そうさ。二歳までは平気だったのに、ある日突然湿疹《しっしん》が出るようになっちゃった」

「それはどうして？」

「わからない。どんな理由でアレルギーになるのか、まだはっきりわかってないんだ。わかるのは、僕はそういうことが起きやすい体質というだけ」

絵梨は悲痛な表情を浮かべていた。

「じゃあ、何か好きな食べ物があっても、ある日突然それが食べられなくなるなんてこともあるの？」

ああ、そうか。桐子は小さく頷く。それは普通の人にとっては珍しいことなのか。

「よくあることだよ。最近ではなるべく何かを好きになったり、楽しんだりしないようにしてる。ううん、無意識のうちにしなくなったのかな」

「そんなのあんまりじゃない！」

　ふうと桐子は息を吐く。善意から出た言葉であるとはわかっている。でも同情してもらったって、治るわけじゃないんだ。

「それが現実だから仕方ないよ」

　ひょいと腕を上げてみせる。手から伸びるチューブが、中空できらりと光った。いつの間にか外はすっかり暗かった。月の光が差し込んできている。

「こんな点滴だって、はっきり言って気休めさ。医者もね、発作が起きるたびに抑えてはくれるけれど、体質そのものを直すことはできないんだ。でもね。あいつら、絶対良くなるから頑張ろうねって言うんだよ」

　絵梨が瞬きしながらこちらを見ている。

「ほんの束の間良くなってどうするんだろうね。様子を見るだなんて言って栄養剤の点滴打ってさ、それで僕が喜ぶとでも思うのかな。僕は、僕の体そのものを捨てない限り、健康になれないっていうのに」

　ぎりっと絵梨が歯を食いしばる音がした。

「僕、気休めって大嫌いさ。それを強いる医者も、病院も」

「じゃあ、桐子君はどうしてここにいるの」

「諦めてるんだ」

　外にぽっかりと浮かぶ白い月を見上げる。

「どうせ治らないのなら、大人に従っていた方がいいでしょ。それで医者は仕事をしたつもりになれるし、両親だってとりあえず安心する。大喧嘩するより、疲れなくてすむ。僕一人が我慢すればうまく回るんだ」

「でも、それで……辛くないの？　苦しくないの」

桐子は絵梨の方を真っ直ぐに見た。

「だから最初の話に戻るけど。絶対治るだなんて、確証もないのに言わない方がいいよ。特に、それが気休めだと見抜けない子供には。一緒に諦めた方が、下手な希望をぶら下げられるよりも、ずっと気が楽なものだよ」

†

広い居間に大きなテレビ。向かい合っているのはカズ一人だ。

チャンネルをいくつか回した後、カズは溜め息をついてリモコンのボタンを押す。ぶつんと音がして電源が切れた。

一人で見ても退屈で、寂しさがつのるばかりだ。だが、他にやることもない。宿題すら終わってしまっている。カズは孤独と暇を持て余していた。

その時インターホンが鳴り、砂利を踏む足音がする。父親が帰ってきた。思わず立ち上がり、カズは喜々として玄関に走る。一人で過ごさなくても良いことが単純に嬉しかった。

「お帰り、お父さん」

だが、その思いは扉を開けてすぐ、相手の顔を見て萎《しぼ》んでいく。

父親は眉間に皺を寄せて「ああ」と俯き、取り出しかけていた鍵を黙ってポケットに戻した。それから屋内に入るなり大きくて重そうな鞄とビニール袋をどすん、と床に置き、深い溜め息と共にジャケットを脱ぐとハンガーにかけた。

とても一緒に遊ぶとか、甘えたりできる雰囲気ではない。カズは自分の気持ちを抑え、父親の鞄を部屋の中に運び込むことに専念した。そうだ、お父さんはこういう人だ。

いつも疲れていて、いつも無口で、いつも不機嫌そうにこちらを見る。カズはそんな時、大人しく縮こまり、相手を刺激しないよう心がける他にどうしていいかわからない。

昔はたまに機嫌の良い時があり、構ってもらったような気もするのだが。ここ数年はそんな覚えが一切なかった。

「風呂はできてるのか」

「うん」

「そうか」

父親は靴下とシャツを脱ぎ、ひょいと無造作に床に放る。カズは汗に塗れたそれを拾い、洗濯機まで運んだ。風呂場から、父親が浴槽に身を沈める音が聞こえてくる。深く息を吐く音も。

カズは玄関に置きっぱなしのビニール袋を開いた。中には弁当や惣菜がいくつか入っている。弁当のうち二つをテーブルに置いて箸を添え、残りを冷蔵庫にしまっていく。父親が買ってきてくれた食料。感謝しなくてはならないと思いつつも、母親が手作りする料理に比べると、やはり寒々しさは否めない。

そうだ、二人の生活はこういう感じだった。

一人人間がいないだけで、この家は大きな歯車が失われたかのよう。二人の間には根拠のよくわからない緊張感が常に満ちていた。たまに祖母が来てくれることがあって、そんな日だけがカズの救いだった。

父親が風呂を上がるのを待ち、豪華だが味気ない弁当を二人で開き、もそもそと食べる。ほとんど会話はない。醤油を手渡す程度のやり取りだけだ。

食べ終えたらそれぞれに歯を磨き、寝床を用意して眠る。

それが母親のいない、カズの家の夜だった。

†

「桐子君は間違ってると思う」

絵梨はきっぱりとそう言った。

「だってそんな風に諦めちゃったら、何のために生きているのかわからないじゃない」

面倒くさいことになった。桐子は眉間に皺《しわ》を寄せる。そんな論争がしたいわけじゃないのに。

「実際、そうだよ。僕はいつ死んだって構わないと思ってる」

あっさりと答えた桐子に、絵梨はやや戸惑ったようだった。しばらく口ごもった後、苦しそうに声を絞り出した。

「だったら、人はどうして生まれてくるの。桐子君はどうして生まれてきたのよ」

それが僕もわからないんだ。

聞かれて困ってしまう。

どうして僕はこんな世界に生まれてきたんだろう。だってそうじゃないか。牛肉、豚肉、鶏肉、米、大豆、小麦、鶏卵、オレンジ、リンゴ、バナナ、桃……僕の体は何もかもが大嫌いだ。布団も嫌いだし、動物だって受け付けない。触れるだけで、首を絞めて死にたがるくらい嫌いなんだ。

どうして嫌いな世界に、僕はわざわざやってきたんだ。

「たぶん、間違いだったんだよ」

残念な結論ではあるが、今考えられる最も合理的な答えを、桐子は口にした。

「僕は生まれてくるべきじゃなかったんだ。そういうことだよ」

何十億人も人間が生まれれば、そのうち数パーセントはミスも出るだろう。桐子修司は失敗作だったのだ。だからコンクリート壁の内側に閉じ込められても、やむを得ないのだ。


「本気でそう思ってるの」

絵梨の声は震えていた。

「桐子君は、それでいいの」

怒っているようだったが、それに桐子が付き合う理由はない。

「いいよ。だって、しっくり来るんだから。大人が言う気休めなんかよりも、ずっと僕にとっては大切な真実だ」

「やっぱり、君は間違ってるよ」

呆れたように絵梨は言った。

「そして間違ってることに、自分でも気づいてない。私が教えてあげる。君はね、まだ諦めてないんだ。諦めたいくらい疲れてるけど、そこまで割り切れていないんだよ。だから頑張ってる私が羨ましくて、腹が立って、私に文句を言いたくなった。そうでしょ」

あからさまに挑発するような物言いに、さすがに桐子も気色ばんだ。

「そもそも医者が病気を治せないから、諦めちゃうなんて。根性足りなすぎ。そうじゃないでしょ。治るって結果は、自分で引き寄せるもの。待ってれば大人から与えて貰えると思ってる時点で、君はやっぱり子供なんだよ」

絵梨を睨みつけたが、相手は桐子の怒りなど、どこ吹く風。

「怒った？　でもごめんね。私の言ってることの方が、正しいと思うよ」

「僕はそうは思わない」

「じゃあ、賭けでもする？」

「賭け？」

何を言ってるんだ、この人は。いたずらっぽく笑う絵梨を、桐子はまじまじと観察する。

「私と桐子君、どっちが先に治るか勝負しようよ。まあ君はすっかり諦めちゃってるみたいだから、実質私が治った時点で、こっちの勝ちになるけど。桐子君の言うとおりだとしたら、私はいつか諦めるわけでしょ。私が諦めたら、負けってことでいいよ」

桐子はぽかんと口を開く。

「何だよそれ。僕は治らない病気だから諦めてるんだ。絵梨さんの病気が、僕の病気と釣り合うくらいじゃなけりゃ、賭けにならないじゃないか」

「そうだね。私の病気、教えてあげる。末期癌」

「……えっ？」

訝《いぶか》しむ桐子の前で、絵梨はおどけた調子で続ける。

「元々癌があったのは子宮。一度手術で取ったんだけど、再発しちゃってね、今は腹膜《ふくまく》播種《はしゅ》になっちゃった。わかる？　腹膜播種」

桐子は慌てて首を横に振る。

「胃とか腸とか肝臓とか、そういった臓器があるよね。内臓のほとんどが、それらに繋がる血管と一緒に膜に覆われているの。大事なものを全部詰め込んで真空パックした、大きなビニール袋のようなものかな。これを腹膜と言うんだけど、私の癌はその中にある」

「その中って、どこ」

「そこら中よ。あたり一面に、癌細胞が散らばってしまったの。数十万個、数百万個という癌細胞が。その一つ一つが少しずつ大きく育って、まるで種のようにぽつぽつと腹膜にくっついてるわけ。まるで種を蒔いたみたいだから、播種っていうのよ。目に見える大きさの種もあれば、目に見えないくらいの種もあるから、全部を取り切ることはどうやっても無理みたい」

「それって」

確かめる桐子の声は震えた。

「お医者さんからは、こうなったらもう手の施しようがないって言われてる。私の点滴も一応抗がん剤だけど、君に言わせれば気休めみたいなものだよね」

　桐子よりも遥かに絶望的な状況ではないのか。

「どうして、諦めないの」

　わからなかった。それが本当だとしたら、どうして絵梨がこんなに明るくいられるのか全くわからなかった。

「治るって信じてるから」

　ずい、と絵梨は身を乗り出す。それに押されるように、桐子は後ずさる。

「どうしてそんなことが信じられるの」

「信じてるっていうよりも、わかるの。私は絶対に治るって。だから息子にも嘘を言っているつもりはないし、無理に明るく振る舞ってるわけでもない」

「何なんだよそれ。根拠のない思い込み？」

「そうねえ、何でしょうね。で、どうする？　この賭け、乗る？」

「賭けの賞品は何」

「負けた方が、勝った方に謝るとか、どうかな。自分に有利だと思うなら断る理由はないはずだけど」

　絵梨は本気だった。その目はぎらぎら光り、怖いくらいだった。

「……まあ、いいけど」

「オッケー。決まりね」

指でOKサインを作り、絵梨はウインクした。

何なんだ、この人は。

桐子はまるで怪物でも見るような気分で絵梨を眺めた。この中年女性の腹は、癌細胞の塊だ。それに手が生え足が生え、くっついた顔がにこにこ笑って、絶対治ると言っている。

自分と同様、何だかいびつな存在だと思った。

†

終業式の朝は、教室中が妙に浮き足立っている。みんなもう夏休み気分で、どこに旅行に行くだとか、ゲームソフトを貸してだとか、話し合っている。疎外感を覚えながら、カズは教室の中を歩いた。

ランドセルを教室の後ろに仕舞いながら、ヨシダの様子を見る。友達と大声で騒いでいた。相変わらずやかましいなあ、などと考えているうちに、ユイがこちらにやってきた。

「おはよう、カズ君」

「あ、おはよう」

「ね、夏休みの間のハムスターなんだけど、私が世話していいかな」

ユイは本当に動物の世話が好きらしい。むしろ願ったりだったので、カズは「もちろん」と頷く。

「良かった！　じゃあ、ケージを持って帰るのだけ、手伝ってもらえるかな」

「うん」

「ありがと。ね、カズ君、私ね、夏休みの間にもちおをお医者さんに見て貰おうと思ってるの。お母さんがいい獣医さんを知ってるみたいで……」

「そうなんだ。でもお金とか、大丈夫なの？」

「お母さんの友達だから、診るだけだったら無料でいいって。手術とかになったらわかんないけど……」

「その時は、またクラスで相談しようよ」

カズが言うと、ユイはほっとしたように笑った。小さなえくぼが現れ、消えた。

「うん。ありがとう、賛成してくれて」

その時突然、ユイの向こうから大きな声が聞こえてきた。

「いいだろ。津名遊園地の限定Tシャツだぜ」

はっと息を呑む。

「今の時期しか買えないんだ。でもうちは父ちゃんが限定品出るたびに連れてってくれるからさ」

ヨシダが胸のあたりをつまんで広げ、キャラクターのデザインされた部分を見せびらかしていた。取り巻きが歓声を上げる。

普段なら気にも留めないのだが、今日は心がざわめいた。

俺も行くんだ。お母さんが治ったら行くんだ。

いつもなら、混ざることもできない会話に入っていける。その高揚に負け、カズは一歩踏み出した。

「お、俺も」

ヨシダたちが一斉にカズの方を向く。何の用だと言わんばかりの視線が、全身に突き刺さる。カズは思い切って顔を上げた。

「俺も今度行くんだよ。津名遊園地」

ただそう言いたかっただけで、別に期待していた反応があったわけでもない。しかし返ってきたのは、完全に予想外の一言だった。

「お前んち、母ちゃん病気だろ？」

ヨシダが目玉をぎょろりと動かす。

「あ……うん。そう、治るんだ。治ったら一緒に行くんだ」

「治る？　ほんとかよ。お前いっつも、そう言ってないか」

その台詞はカズの心に深々と食い込んだ。何も言い返せず、じっとりとにじみ出てくる汗を感じながら、立ち尽くす。

「去年の夏も、その前の冬も、そうだったよな。入院したら治るって言ってたよな。これって、むしろやばいってことじゃないの？」

ヨシダの取り巻きも、口々に言いたいことを言った。

「カズ、何回も裏切られてるのに、よくそんな話を信じられるなあ」

「やっぱりやばい病気なんだよ。だって何度も入院するなんて、俺聞いたことないもん」

子供ゆえの無邪気な言葉が、あちこちから飛びかかってきてはカズの心を切り裂き、削っていく。額からはだらだらと汗が流れ、背中には冷たいものが走った。

それでもカズは言い返すことができなかった。

なぜなら彼らの言葉は、カズが必死に心の奥に押し込んできた不安、そのものだったから。

お母さんは俺に嘘をついているのだろうか。治るという気休めだけを言って、時間を稼いでいるのだろうか。

あれこれ考えが浮かんでくるたびに、足元が冷たくなっていくような気がした。握った拳は震え、顔からは血の気が引いていく。

にやにやしながらこちらを見ているヨシダも、その後ろで呑気に笑っている取り巻きの男子たちも、少し離れて心配そうにカズを見ているユイのことも、どこか遠くに感じられた。

†

目には見えないけれど、何であれ人にはそれぞれ回数が割り振られている、そんなことを桐子は思ったりもする。食事の回数はあと何回。何事もなく眠りにつけるのはあと何回。キャンディにも、プリンにも、リンゴにも、全部見えないだけで数字が宿っていて、食べるたびに減っていく。それがゼロになったら終わり。人生で食べられる回数はもう尽きたということだ。

僕はそうして、色々な回数を使い切ってしまったに違いない。

初めは平気だった牛乳。割り振られた数字はかなり少なかったのだろう、ほどなくゼロになって取り上げられた。好きだった錦玉子も、ある年のお正月から並ばなくなった。だからこのトマトジュースだって、いつかは取り上げられるのだ。今、大切な一回を消費している。そう思って飲もう。さほど好きな味でもないが、それでもなくなると思うと愛おしい。

消灯後の病室、ベッドランプの黄色い光の中、桐子はちゅっとストローを吸った。

トマトの滋味を口の中で存分に感じる。

「マイナス一」

そう呟いて、桐子は紙パックを潰してゴミ箱に放り込んだ。

「まだ起きてるの」

隣のベッドの声から声がする。「うん」と答えると、カーテンが開いた。絵梨も同じように、ベッドテーブルにマグカップを置いて何かを飲んでいるようだった。

「また回数が減ったとか、考えてたんでしょ?」

「まあ、そうだよ」

同室のおばあさんの鼾《いびき》が響く中、二人はひそひそ声で会話する。

「人間って、病気になると色々とおかしなことを考えるものだね。健康だったらきっと、そんなこと考えないよ」

「そうかもね」

いつの間にか、絵梨と桐子は頻繁に話すようになっていた。

桐子にその気がなくても、向こうから「私、まだ諦めてないよ、賭けは私の勝ちだと思うなあ」などと話しかけてくるのだ。それに言い返しているうち、いつのまにか相手のペースに乗せられ、何だかんだ長話をしてしまう。

だが不思議と、それが嫌ではなかった。

「ねえ、桐子君。病気になると考えるよね。どうして死ぬのか、なぜ死ななきゃならないのか」

「否応なく目の前に突きつけられるからね」

「うんうん。私は癌になったとき、前世で何か悪いことをしたんじゃないかって、本気で悩んだもの。そこから前世って何なのか、悪って何なのか、どんどん考えが広がっていくんだよ」

「宗教とか哲学？」

「そうだね。年取ると信心深くなるなんて言うけど、死との距離が縮まることで人の考えは変わるんじゃないかな。実際の距離じゃなくて、自分の感じる死までの距離」

「僕たちは考える時間だけはたくさんある」

「言えてる。元気な人は他のことで忙しくて、考える暇なんてないんだろうな」

自然と会話が進む。そう、絵梨とは話が案外合うのだ。

「でも、こんなこと考えたって仕方ないんだよね。だって、答えなんかないんだもの。本来はさ、考えるのは解決するためでしょ。高いところにあるバナナを棒で取るとか。なぜ死ぬかなんて、考えても無駄だよね。崇高な思索にふけっているようで、思考という装置が、意味もなく空転してるだけなのかも」

ずずっ、と液体が絵梨の口の中に吸い込まれる音。なんとも言えないえぐい香りが漂ってきて、桐子は聞いた。

「それ、何飲んでるの」

「あ、これ？　へへ、何でしょう」

絵梨が持ち上げてみせたマグカップの水面は、緑がかった茶色だった。濃く濁り、どろりとしている。

「大豆酵素の粉末を溶かしたものに、漢方薬と、クマザサのオイルを入れてるの。免疫機能が上がって、癌が消えるんだって。桐子君も飲む？」

桐子は絵梨の棚を覗き込んだ。箱がいくつも並んでいる。金色の装飾がされた小袋が詰まった箱。薄黄色で細長い筒状のカプセルが詰まった箱。大きな緑色の瓶が収められた箱。絵梨はそこから袋とカプセルを一つずつ取った。

「今作ってあげるからちょっと待ってね。これ、水も特別なの。富士山で取った、体にいい水」

魔法瓶の蓋を開け始めるのを桐子は制止する。

「僕はいいよ。それに大豆酵素だと、アレルギー出るし」

「あ、そっか。大変だなあ」

絵梨は作業をやめ、自分のマグカップを口に運んだ。目を閉じて口をむにゅむにゅさせ、顔を歪める。あまり美味いものではないのだろう。ぐいっと飲み干して、一息。

「はあ。苦い」

「そういう薬は、絵梨さんが自分で探してきたの」

「うん。色々試したけど、これと思うものだけ取り寄せて続けてる。お医者さんはみんな否定的だけどね」

「そう……」

見たこともない商品ばかりだったが、みな高級感のあるパッケージである。おそらくは高額なのだろう。愚かしいと笑うのは簡単だが、そんな気にはとてもなれなかった。それは自分を笑うことでもあるから。

病気にまつわる胡散臭い商品や噂話は多い。さっきのトマトジュースだって、アレルギー体質を改善する効果があるらしいという新聞記事が出てから、飲まされるようになったものだ。

頼るものが他にないのは、桐子も絵梨も同じなのだ。

「本当にそんなもので、効き目があると思う？」

桐子が聞くと、絵梨はきょとんとした。

「栄養食品のたぐいは僕も色々飲まされたけどね。ちゃんと効く物なんてなかったよ。悪化することだってあった。何だったかな、馬の脂を使った薬を塗ったらかぶれちゃって、ひどい目にあった」

「私のこれは別。確かに効いてる。だって体調、良くなってるもの」

「そうだったらいいけどね」

半分は皮肉だった。桐子はじっと絵梨を見つめる。一日一日、少しずつだが、絵梨はやつれていく。頰骨は浮き出し、肌は乾燥し、綺麗だった黒髪はだんだん細く、まばらになっていった。

「桐子君は相変わらず後ろ向きだなあ。そんなだと、私との勝負に負けちゃうよ」

「うん……」

間違いなく絵梨は着々と病魔に蝕まれている。だが、心だけが折れていない。それが信じられなかった。体が痛めつけられれば、心も共に苦しみ元気をなくしていく。それが病気なのに。

「どうして、諦めないでいられるの」

桐子は思わず聞いてしまったが、これは失敗だった。

「そんな質問をするってことはさ」

鬼の首を取ったとばかり、絵梨が歯を見せて笑う。

「本当は桐子君も、諦めたくないんでしょう。だから方法を知りたいんでしょ」

「そうじゃない、ただ僕は好奇心で」

「桐子君はね、自分が思っている以上に、生きたがってる」

「失敗作のまま生きたくなんてないよ。早く死んで、完成品に生まれ変わりたいくらいなんだ」

「違うよ。君は失敗作の自分を、認めたがってる。失敗作のまま、生きる方法を探してるんだ」

またこれだ。

「偉そうに言うのは、賭けに勝ってからにしてよ」

桐子はそっぽを向き、カーテンを引いて境界線を作った。気が合ったかと思えば、突然こうしてぶつかり、双方譲らず言い合いになる。不思議な関係だった。

絵梨はそれ以上は何も言わなかった。ただマグカップの中身をすする音だけが隣から聞こえてくる。桐子は手を伸ばし、読みかけの小説を取った。その時、棚から一緒に絵本が転がり落ちた。「かちかちやま」だった。

表面に以前つけた傷痕が、まだくっきりと残っている。この悪戯をした時も、絵梨に見つかって叱られた。

ふと、傷痕に目が留まる。五本の指の痕。まるで桐子の手形のような。

改めて考えると疑問だった。僕はどうして、こんな傷をつけたんだろう。悪戯は悪戯だが、別に絵本を傷つけたかったわけじゃない。じゃあ、どうして。そう、あの時は無性に、爪痕が残っていくのが嬉しかった。

その時、桐子の頭に何かが閃《ひらめ》いた。思わず隣のベッドの方を向く。間にはカーテンが揺れているが、かすかに向こう側の影が見える。絵梨はすでに寝たようだった。規則正しい息が聞こえてくる。

絵本を持つ手が、震えた。

僕は、この病院の中で手に取られ続ける本に、自分の存在した証を残したかったのではないか。失敗作だと自分で言いながら、全てを諦めながら、それでもなお、何かに抗おうとして。

——自分が思っている以上に、生きたがってる。

絵梨の言葉が頭の中で木霊《こだま》する。それを振り払おうと、桐子は慌てて布団をかぶり、暗闇の中で目を閉じた。どきん、どきんと心臓の音が響いた。

†

「夏休みに入ったんでしょ。こんなところに来なくても、友達と遊んでていいんだよ」

母親はそう言ったが、カズは曖昧に微笑み、首を横に振った。ベッドテーブルに計算ドリルを広げ、淡々と解いていく。一日二ページがノルマだったが、頻繁に見舞いに来ては進めているため、かなり貯金ができている。

「もちろん私は、嬉しいけどさ。カズの顔が見られて」

カズは母親の様子を慎重に観察した。機嫌良く笑っていて、具合は良さそうだ。だが少し痩せたかもしれない。腕に突き刺さっている点滴の針が、痛々しかった。

「お母さん」

どう聞いたものか、カズは悩みながらも切り出した。

「ん？」

「本当に、治るんだよね」

何度目かになる質問にも、母親はにっこり笑って答えてくれる。

「もちろんよ。任せといて」

カズはじっと母親を見つめる。嘘をついているようには見えない。

「でもさ。友達に言われたんだ。治る治るって、ずっと言われてるじゃないかって。俺さ、俺……お母さんを疑ってるわけじゃないよ。でも、俺」

悔しくて、情けなくて、カズは下唇を噛んだ。

「その時、言い返せなかったんだ」

思わず一つ、しゃくり上げる。

「怖くて。もし治らなかったらどうしようって……」

「……そっか。ごめんね」

母親が、小さな声で言った。困らせたいわけじゃないんだ。カズは顔を上げる。

「違うんだよ。俺、信じたいんだ。お母さんが治るって信じたいんだけど、どうやったら信じられるのか、それがわかんないんだよ」

「そうだよね」

母親はカズの頭にそっと手を乗せてくれる。

「じゃあ、無理に信じなくてもいいよ」

「えっ？」

「だってそうだよね。お母さん、今までに何回も治るって言ってきたし、でも未だに入院を繰り返してるもんね。カズが不安に思うのは当然だと思う」

俯く母親を、カズはじっと見つめ、ごくんと唾を飲む。母親にしおらしい表情をさせて、ようやくカズは気がついた。何をやってるんだろう。こんなことを聞いて、何がしたかったんだろう。

真実が知りたかったわけじゃない。ただ自分が楽になりたかっただけじゃないか。

「実際、傍から見てても、あんまり良くなってるように見えないんでしょう？」

その証拠に、俺はこんなに不安になっている。本当は治らないの、という言葉がお母さんの口から飛び出すのを恐れている。真実よりも気休めを欲していたのは、俺自身だった。

「でもね、カズ。それならさ」

母親は顔を上げた。そしてカズの肩にそっと触れた。

「一緒に願ってくれる？」

意味がよくわからず瞬きしていると、母親が続ける。

「私が治るように、願って欲しいの。私ももちろん同じことを願う。何かを信じるのは難しくても、一緒に願うことはできるでしょう」

「願う……」

「それで同じだと思う。一緒に願うことが、一緒に信じると同じだと思う。ね、どうかな」

確かにそっちの方がずっと簡単そうに思えた。いや、願うだけなら今だってカズはできているのではないか。

「うん。それならできると思う」

「良かった。頼りにしてるよ」

肩から手を離して、母親はウインクした。

「ただ願うだけでいいの？」

とても頼りにされるような何かをしているとは思えず、カズは聞く。

「うん。一緒に願って貰えるのが、一番嬉しい。お母さん、どんどん力が湧いてくる。すぐ治っちゃいそうな気分になってきた。うん、いけるぞこれは」

ぶんぶんと腕を回してみせる母親。その風圧でカーテンがふらふらと揺れている。カズも何だか安心して思わず笑ってしまった。

カーテンの揺れがゆっくりと収まり、再び静寂が戻った頃、小さな声が病室の隅で交わされた。

「お母さん。遊園地、楽しみにしてるね」

「私もよ」

†

同じ部屋で何日も過ごしていると、入院患者たちの日課なんかも少しずつわかってくる。早朝に必ず外に出て行き、タバコの香りをさせながら戻ってくるおばあさんもいれば、昼のドラマを楽しみにしていて放送五分前からイヤホンをつけているおばさんもいる。

桐子はぼんやりと隣の様子を眺めていた。

ベッドの上で、絵梨がゆっくりと体をひねっている。彼女の場合、ご飯前の体操が日課と言っていいだろう。血行を良くして代謝を上げ、免疫機能を改善するヨガだそうだ。脇には分厚い教科書が置かれている。

いくらも動いていないのに、すぐに絵梨の息は荒くなり、頻繁に休憩が挟まれる。体力が落ちているのに加え、体の節々に痛みもあるらしい。運動をしているというのに顔色は悪く、唇は紫色だ。

一休みしつつ、絵梨が言った。

「桐子君、最近、言わないね。『それ意味あるの？』って」

「言ったって、仕方ないもの」

「まあ、何を言われても、私は諦めないからね」

しばらく息を整えてから、再び絵梨は体を動かし始める。両手を合わせて、まっすぐ前へ。

「別に、諦めさせたいわけじゃないよ」

桐子は沈黙する。

「そうなの？　でも、それだと君、賭けに負けちゃうよ」

もう、賭けなんてどうでもよかった。どうしてあんな賭けを受けたのか、もはやよくわからなくなっていた。

「よーし、もういっちょやるか」

ぐっと拳を握ってポーズを取り、再び絵梨が体を動かし始める。のろのろと、歯を食いしばりながら、それでも目だけをきらきらと輝かせて。

桐子はただ目の前の光景を見つめ続けていた。苦しそうにあがく絵梨が、それでも眩しくて仕方がなかった。

†

カズはテーブルの上にパンフレットを広げ、見比べていた。駅前に並んでいたラックから貰ってきた、夏のレジャーパンフレットだ。温泉や水族館に加えて、もちろん津名遊園地のものもある。

ジェットコースターに観覧車。お化け屋敷にメリーゴーラウンド。

見つめていると胸がどきどきした。

もちろん楽しみなのは間違いない。当日はどんな順番で回ろうか、このアトラクションは絶対乗りたい、ポップコーンはバター醤油味を選ぼう、などと想像していると切りがなかった。

一方で、恐ろしくもあった。

こんなこと、考えてていいんだろうか。不安は押し込めようとしても、絶え間なく膨らみ、ちょっとした隙に顔を出してくる。遊園地なんて、なしになるかもしれないのに。いいや、それですむならまだいい。分不相応なことを考えて、ばちがあたったりはしないだろうか。

一人きりの居間で、時計の秒針がかちかちと音を立てている。

負けるな。自分に言い聞かせる。

お母さんが言っていたじゃないか。一緒に願って欲しいって。願うんだ。お母さんが治るって、一緒に遊園地に行くって、そしてたくさんたくさん遊ぶんだって。

カズは必死にパンフレットに目をこらした。載っている写真はどれもあまりにも平和だ。父親に肩車されている子供。一緒に射的をしている家族。みんな笑っていて、ほとんど異様にすら思えた。

見つめているとまた、怖くなってくる。

母親と病室で話した時には、それだけでいいんだってほっとしたのに。

願うのって、思っていたほど簡単じゃない。


突然鍵が突っ込まれる音がして、玄関の扉が開いた。いつもと同じく不機嫌そうな溜め息が聞こえてくる。

「お帰りなさい、お父さん」

帰ってきた父親は、黙って頷くと弁当の入った袋を突き出した。それを受け取り、カズはテーブルに並べる。

ジャケットを脱ぎ、ネクタイを緩めた父親は食卓に座り、コップにビールを注いだ。

カズが弁当の蓋を開け、二人で静かに夕食を始めた時だった。父親が広げられているパンフレットに気づき、手に取った。

「おい。何だ、これは」

「あ、うん。貰ってきたんだ」

「貰ってきた？　何のために」

父親の語調が変わり、片眉が上がる。何かまずいことをしただろうか。戸惑いながらもカズは口を開いた。

「お母さんが治ったら、遊園地に行くって約束したんだ」

父親の表情は変わらない。太い眉、大きな目が、カズを見据えている。

「ほら、夏休みだから。あ、でももしお父さんが温泉とかの方が良かったら、俺はどっちでもいいよ。他にも海や牧場のパンフレットもあるから……」

どうしてこんなことをべらべら話しているのだろう。一人で空回っているようで、滑《こっ》稽《けい》だ。父親と話すと、こんな風になってしまうことは多い。冷や汗が出始めた時、父親が呆れたように息を吐き、言った。

「お前、何か勘違いしているな。お母さんからちゃんと聞いていないのか」

「えっ？」

「いいか。お母さんはもう治らない」

つまらなそうにパンフレットをひょいと投げ出し、淡々と続ける。

「遊園地どころじゃないんだ」

カズは数度瞬きした。

父親が何を言っているのか、全くわからなかった。

「今年の冬には、もうお母さんはいないだろう。俺とお前、二人になる。それでも今まで通りに生きていく。それが、残される者の仕事なんだ」

音が耳の中でぐわんぐわんと拡散する。食堂の電気が震え、部屋の壁がたわんでいる。足下から、ぞっとするほど冷たい空気が上ってくる。

「そのつもりで、心構えをしておけ」

そう言うと、父親は再び食事に集中し始めた。手から箸が落ちる。拾い上げることもできず、カズはただ弁当の具を眺めていた。きらきら輝く米の一粒一粒が、その色が形が光沢が、やけにはっきりと見えた。にんじんの細かい繊維が、赤とオレンジの色の混ざり具合が、肉の脂が、繊維が、全てが奇怪な彫刻のようであり、異世界の景色のように感じられた。秒針がかちこちと言わなければ、時間が進んでいることすら信じられなかった。

やがて父親が弁当を食べ終え、蓋を閉じた。

その時やっとカズの口が動いた。

「嘘だ」

ろうそくの火も揺れぬほどのか弱い言葉を、もう一度言い直す。

「そんなの、嘘だ」

「嘘じゃない」

父親が即座に否定した。

「嘘だよ、だって、お母さんは治るって言ったんだ。お父さんはお母さんを信じてないの」

「治るとは信じていない」

「どうしてだよ。どうして一緒に願ってあげないんだよ。おかしいよ」

「それはな、子供にはわからないだろうが……」

「おかしいよ！」

父親の言葉を遮り、カズは言った。冷静な父親の声がどうにも許せなくて、目を潤ませながら叫んだ。

「お父さん、お母さんに死んで欲しいんじゃないの？　そんなに簡単に諦めちゃって、そうとしか考えられないよ、どうしてそんなこと言うんだよ！」

大声でそうぶちまけた瞬間、父親の目が血走るのがわかった。カズは息を呑んだ。父親が目を剥き、太い眉を寄せ、歯を食いしばっている。こめかみには青筋が立ち、頬はぴくぴくと痙攣していた。それは確かに憤怒の表情だった。

殴られる。

思わず目を閉じたが、げんこつは飛んでこなかった。おそるおそる目を開いた時、父親はもう普段と同じ暗い顔に戻っていた。感情を押し殺した声が、その口から漏れ出る。

「だだをこねるな。大人になれ」

「だけど……だけど！」

「諦めろ」

「嫌だよ。そんなの、嫌だ！」

まだ言い合いの喧嘩になった方が楽だったかもしれない。殴られて、大泣きした方がすっきりしたかもしれない。だが父親はあくまで冷静な対応で通した。それがカズにとっては不満だった。

どうしてそんなに落ち着き払っていられるんだよ。お母さんなんだぞ。俺たちの大事な人なんだぞ。諦めるなんて、大人になれだなんて、おかしいんじゃないのか。

しばらく拳を固く握ったまま睨みつけていると、ふと父親が目を閉じ、溜め息をついた。深い深い溜め息だった。肺中の空気を押し出しているような気がした。そしてふと顔を上げ、父親はカズの方を見た。

「俺は疲れてるんだ」

そう淡々と吐き捨てると、立ち上がった。

「子供の我が儘に付き合っていられるか」

ビール瓶とコップを持ち、カズの横を抜けて階段へと向かう。自分の部屋で、一人で晩酌の続きをするつもりらしい。引き留めることもできず、ただカズは背後で階段を上がる足音が、少しずつ遠ざかっていくのを聞いていた。

一人きりで食卓に座ったまま、カズは何度もまばたきを繰り返す。

夜の帳がすっかり下りて街が眠りに包まれても、カズはただ弁当を見つめたまま、脂汗をかいていた。

†

「血中酸素濃度も安定してますし、入院中の様子を見ても、発作は沈静化している。そろそろ退院しても大丈夫だと思いますよ」

太田《おおた》という名の声の大きい小児科医は、銀縁眼鏡を光らせてそう言った。彼の視線は、半裸でベッドに横たわっている桐子にではなく、その脇の椅子に座る母親に向けられている。

「はい、じゃちょっと胸の音聞かせてね」

聴診器が当てられる。冷たい感触に一瞬びくんと体が縮こまる。

「うん。少しだけ、ヒュウヒュウ言うな」

切り立った崖《がけ》を冷たい風が通り抜けるような、物悲しい音が体内から聞こえてくるのは、桐子自身も認識していた。

「気管支が炎症しているということですか」

桐子が質問すると、太田は聴診器を首にかけ、舌が見えるくらい大口を開けて笑った。

「相変わらず君は、子供のくせに難しい言葉を知っているなあ。大したもんだ」

僕は、そんなことを言って欲しいわけじゃない。

桐子が表情を変えぬまま医者を見つめている間、大人同士の会話が続いた。

「先生、これも発作なんでしょうか」

「ええ、そうです。ただ、これくらいなら薬を使いながら、様子を見ていくのがいいと思います。そうですね、もう数日経過を見せてもらって、あとは通院にしましょうか」

太田はふと、こちらを見て「いつまでも学校休むわけにはいかないもんな。あ、夏休みだっけか？　今退院すれば、まだ一か月くらいは遊べるぞ」と笑った。桐子は瞬き一つしない。

「さてと、使う薬はテオドール錠剤ですね、使い方は前に説明した通り。ヒュウヒュウして息がしづらくなったら、飲む。真ん中の線で割って、半分だけね。錠剤は噛まないように。それからカフェインの取り過ぎには注意ね、紅茶とかコーヒー、子供だからあんまり関係ないかな、まあ数杯なら大丈夫……」

カルテにペンを走らせながら、太田は何度も患者に繰り返してきたのだろう説明を早口で述べる。

「わかったね？」と確認する太田に桐子は黙って頷いた。

†

夏真っ盛り。外で蝉《せみ》が大合唱をしていても、カズの毎日はただ停滞していくばかりだった。

何もやることはない。何かをやろうとしても、集中できない。

日の光の差し込むだだっ広い家の中、カズはぼんやりとソファの上で佇《たたず》んでいた。

あれからずっと父親の言葉がカズを苦しめていた。ここ一週間ほどは、お見舞いにも行っていない。どんな顔をして母親に会えばいいのかわからなかった。

お父さんがあそこまで言うということは、本当にお母さんはいなくなってしまうのだろうか。でも、お母さんは治ると言った。どっちが正しいのかわからない。不安と、恐怖と、それから願望がぶつかり合って跳ね回って、頭の中は収拾がつかない。

ふと喉の渇きを覚え、階段を下りて台所に向かった。

しばらく使われていないシンクは、乾ききって鈍い銀色に光っている。錆《さび》の混じったような特有の臭い。まな板は縦に置かれ、包丁は綺麗にしまわれている。鍋もお玉もまな板の脇に並べられていた。命を持ったように動き、働いていた道具たちは、今はみな死んだように眠っている。

　このまま、この台所が空っぽになってしまうとしたら……。

　恐ろしくて足が震えた。

　カズは水を一杯飲むと、カップを持ったままそこに座り込んだ。足元のマットが、分厚い繊維で尻を包み込む。

　ちょうど目の前、エプロンが椅子の上に畳まれて置かれていた。それを手に取ると、懐かしい匂いが微かに舞う。

　自分の弱さが悔しい。クラスメイトや父親の言葉に揺さぶられ、簡単にくじけそうになってしまう。どうしたら、お母さんみたいに強くなれるんだろう。

　この家は人が死に絶えたように静かだ。カズがこのまま身動きせずに座り込んでいたら、誰かに廃屋と勘違いされて撤去されてしまってもおかしくない、そんな気がした。

　長い時間をかけて、カズは立ち上がる。

　やらなきゃ。少しずつでも、やらなきゃ。

　怖いけれど、不安だけど、だけど今できることをやらなきゃ。

　必死に己を鼓舞する。

　いつのまにか、日は傾いていた。

カズはエプロンを棚に戻すと、今日の家事を片付けるため洗濯機を回し、風呂の栓を抜いた。

†

退院の目処がついても、桐子の心は晴れるどころか、より一層暗く淀《よど》んだようであった。

溜め息をつきながら、隣のベッドを観察する。ずっと見つめていると、ふいに絵梨が目を開いた。ゆっくりと桐子の方を見て、微笑んだ。

「退院するんだってね。おめでとう」

「起きてたの？」

「寝てたけど、なんかそんな話が聞こえた」

不気味なことを言う。最近の絵梨はよく寝ている。ただしその眠りは浅く、すぐに目覚めたり、あるいは今のように覚醒時との境目が曖昧だ。

「この場合、賭けはどうなるの」

桐子はおそるおそる聞いた。

「そうだねえ」

絵梨は起き上がると、にやりと笑う。

「私の勝ちなんじゃない。私、まだ諦めてないからね」

「だけど絵梨さんはまだ、病気を打ち倒したわけじゃない」

「まあ、確かに」

顎に手を当ててしばらく考えこむと、絵梨は小さく息を吐いた。

「じゃ、残念だけど君の勝ちかな。暫定《ざんてい》勝利ってやつ」

「暫定勝利……か」

桐子はちっとも嬉しくなかった。

「負けたら謝るって約束だったけど、私はまだ負けてないから謝らないよ。何たって暫定だからね。ずるい？　でも、悔しいなあ。もう少し時間があれば、勝てたはずなんだけど。でも桐子君が良くなって退院するのは、私も嬉しいからね、そんなこと言っちゃいけないいね」

妙に明るい絵梨の声を背に受けて、桐子は窓の外を見た。もうすぐあっちに戻るのか、僕は。

それで一体、何が変わるって言うんだ。

「でも、いいなあ。退院、本当に羨ましいよ。ね、桐子君は退院したら何をしたい？　私はね、いっぱいあるよ。息子に美味しい物作ってあげて、たくさん遊んで、どこか旅行も行きたいし、そうだね、旦那と温泉なんかも……」

「別に。何もしないよ」

絵梨が黙り込む。

「何もすることがない。それはずっと同じなんだ」

相変わらず身体はあらゆるものを嫌い続けるし、これからも突然死にかける。貰った薬で発作を抑えて、抑えきれなかったら救急車に乗る。それだけ。諦めと暇つぶしだけが、死ぬまでずっと続く。

桐子修司は失敗作のまま。

間違って生まれてきて、間違ったまま生きている。何の意味があるんだろう。間違ったまま生き続けることは、死ぬよりも良いことだと、誰に決められるんだ？　いっそ死んだ方が良かったんじゃないのか。

「ちょっと。そんなこと、言わないでよ」

絵梨がベッドから身を乗り出したが、桐子は冷たい目を向けるばかり。

「暫定とはいえ、僕の勝ちなんでしょ？　なら、文句言わないでよ」

「それは……」

「勝てば良かったんだよ。絵梨さんが勝てば、それで」

絵梨が表情を歪める。

「どうして勝ってくれなかったんだよ」

桐子は絵梨を苦しめていると知りながら、口を閉じることができなかった。

二人の沈黙を埋めるように、外で蝉が鳴き始めた。

†

洗濯機の回っている間に、家中のゴミを集めて袋に入れていく。決して手際良くとはいかず、足を引きずるようにしながらだったが、カズはいつものように着実に家事を進めていった。ふと、焦げ茶色の扉の前で足が止まった。

父親の部屋だ。この部屋にも一つ、ゴミ箱がある。回収しなくてはならなかったが、気が進まない。

——お母さんはもう治らない。

あの言葉を思い出すと足元が震えた。父親はどうしてあんなことを言うのだろう。憎しみすらこみ上げてくる。

しばらく逡巡《しゅんじゅん》してから、震える手をドアノブに伸ばす。

扉の隙間から微かに漏れ出る空気すら、異世界の趣を濃く宿しているように思える。思い切って扉を開くと、特有の香りが鼻をついた。木製の本棚に並ぶ、革張りの本によるものだろう。壁に掛けられた風景画が、古めかしい振り子時計が、侵入者を見下ろしていた。

カズは不用意にあたりのものに触れないよう注意しながら、まっすぐに奥のゴミ箱へと向かう。机の上には空っぽのビール瓶が見えた。

細長い円柱状のゴミ箱には、それほど中身は詰まっていないようだった。カズは手を突っ込み、ほとんどが紙くずであることを確認してから、ゴミ箱をひっくり返した。紙吹雪でも散らしたように細かい紙片が無数に舞い落ちる。

それを見て、カズは凍り付いた。

紙片は、びりびりに破かれた画用紙であった。おそるおそる手に取ってみる。クレヨンで塗られた肌色。真っ黒く塗られた髪、点々で表現したごま塩の髭。細切れになった「おとうさんへ」という文字。

カズが描いた父親の似顔絵だった。

今年の父の日に作り、渡したものである。

指が震えた。

切り口は毛羽立っていた。よほど強い力で破られたのだろう。背中に冷たい汗が流れる。

どうして。

分断された絵の中、父親がこちらを見つめている気がして、カズはふらふらと後ずさりする。そこに本棚があった。はっと思った時には衝突していた。本棚はぐらぐらと揺れ、中の本が押し出される。カズは必死に本が落ちないよう、腕を広げて支えた。ふと、棚の上から何かが顔を出し、みるみるうちに重心が縁を越え、カズめがけて落ちてきた。咄嗟に両手で受け止める。幸い、さほど重くはなかった。

それは紙箱だった。

下からは死角になっていて、こんなものが載っているとはわからなかった。父親が何かを隠したのだろうか。カズはそっと蓋を開く。中にはファイリングされた資料がいくつか入っていた。

訝しみながら、カズは一つ一つ開いて目を通しはじめた。

†

消灯後の病院。

まばらに常夜灯だけが照らす廊下を、桐子は点滴台を押して歩く。男子トイレの前までたどり着いてほっとしたとき、女子トイレから幽鬼のように痩せ細った影が現れた。思わず声を上げそうになったが、すぐに相手が誰か気がついた。

「絵梨さん」

「あ、桐子君」

絵梨が振り返り、ぼさぼさの髪をかき上げた。寝癖によるものだけではない。髪の細さや長さが不規則に乱れているのが、一目でわかる。生え方もまばらで、ところどころ白い頭皮が覗いていた。

「眠れないの？」

「いえ……何だか目が覚めて」

「そうなんだ。温かいミルクを飲むといいよ。あ、ごめん」

口を押さえ、絵梨は青ざめた顔でしばらく立ちすくむ。それから一瞬笑って手を振ると、慌ててトイレの奥へと戻っていった。

えずく気配と、水を流す音が聞こえてくる。

大変そうだな。

ミルクはアレルギーでだめなんです、などと余計なことを言わないで良かったと桐子は思いながら、男子トイレの個室に入った。しばらく注意深く耳を澄まし、やがて絵梨が廊下に出て行くのを確認する。

そろそろいいだろう。

静かな夜だ。ナースステーションも、今日は手が空いていそうだった。

小脇に抱えてきたブランケットを取り出して見つめる。

慣れているといっても、やはり恐ろしく、背筋に寒気が走る。

一度目を閉じて、先ほど会った絵梨の姿を思い返した。具合は悪そうだったが、それでもやはり、諦めてはいない。自分よりも僕の心配をしたくらいだ。

——もうちょっと時間があれば、絶対私が勝ってたはずなんだけど。

そうだ。

あなたならできる。いや、あなたにできなければ、きっと他の誰にもできない。僕はそれを見届けたい。そのためなら、何だってする。

目を開く。トイレの中では蛍光灯がちらついている。意を決し、ブランケットをばさばさと大きく振った。間を置かずに顔を突っ込み、大きく口から息を吸う。

来い。

念じながら息を吐き、もう一度吸う。できる限りたくさんの埃が、ダニの死骸《しがい》が気管に取り込まれるように。空気の塊で喉を削るように、何度も繰り返す。

来い。

体の反応は鈍かった。やはり病院で使われているブランケットだから、清潔でダニの死骸など含まれていないのだろうか。それでもハウスダストは出るはずだが。これでだめだったら、別の方法を考えなければならない。頭の中で自分のアレルゲンを思い浮かべる。誰かの食事から卵や大豆を抜き取って飲むのはどうだろう。そうだ、絵梨が大豆酵素を飲んでいた。あれを一つ取って、飲めばいけるかもしれない。

そんなことを考えていたとき、かすかな引っかかりを喉の奥に感じた。次いで、ひゅうと笛のような音が鳴る。

よし。来た。

普段だったらここから抑えていく。息の仕方で、多少のコントロールができることを桐子は経験的に知っていた。だが、今回限りは別だ。より大きな音が鳴るように、より桐子の喉がアレルギー反応を起こして膨れ上がるように、意識してブランケットを強く、激しく吸い続ける。

喉の内側が痒くなってきた。咳が出る。一度ではない。何十回も続いて出る。気管支が狭まり、空気と擦れあって立てる音は、もはや笛に喩《たと》えるのは適切でない。何台ものオルガンがめちゃくちゃに演奏されているような、おぞましい音に変貌していた。

これでいい。

苦しさに胸を押さえ、脂汗をかき、猛烈な咳を続けながら。薄れゆく意識の中で、桐子はナースコールのボタンを押した。


（下巻に続く）

本作は書き下ろしです。

本作品はフィクションです。実際の人物や団体、地域とは一切関係ありません。

二宮敦人
最後の医者は
桜を見上げて
君を想う
映画化企画、
進行中!
シリーズ累計
25万部
突破!
自分の
余命を知った時、
あなたなら
どうしますか?
TO文庫
毎月1日発売
イラスト:syo5

俺みたいな人間は、いない方がいい
わからないんだから、自分が思うようにやるしかないんだよ
先輩の考え方は素敵です！
恋と事件のドンデン返し！
大人気お仕事ミステリー！
シリーズ累計7万部突破！
コミックス第1巻発売中！
二宮敦人
郵便配達人
花木瞳子《はなきとうこ》が望み見る
TO文庫
毎月1日発売
イラスト：鉄雄

TO文庫
その手紙には人も妖怪も
涙があふれ出す。
ツンデレ妖狐
ドン底元OL
あやかし恋手紙
不思議な社務所の代筆屋さん
あやかし恋古書店 著者の最新刊
蒼井紬希
illustration：nineo

TO文庫

最後の医者は雨上がりの空に君を願う
上

2018年4月2日　第1刷発行
2018年5月1日　第2刷発行

著　者　二宮敦人
発行者　本田武市
発行所　TOブックス
〒150-0045 東京都渋谷区神泉町18-8
松濤ハイツ2F
電話 03-6452-5766(編集)
0120-933-772(営業フリーダイヤル)
FAX 050-3156-0508
ホームページ　http://www.tobooks.jp
メール　info@tobooks.jp
フォーマットデザイン　金澤浩二
本文データ製作　TOブックスデザイン室
印刷・製本　中央精版印刷株式会社

Printed in Japan ISBN978-4-86472-681-8